София Бенедикт

ДЕЗЕРТИРЫ

Повесть-сценарий

Bibliografische Information der Deutschen Nationalbibliothek:
Die Deutsche Nationalbibliothek verzeichnet diese Publikation in der
Deutschen Nationalbibliografie; detaillierte bibliografische Daten sind im
Internet über www.dnb.de abrufbar.

©2016 Herausgeber: Diana Wiedra,
Covergestaltung: © Борис Коган

Herstellung und Verlag:
BoD – Books on Demand, Norderstedt"
ISBN: 9783739202082

«Лишь немногие, чье подлое благополучие зависит от народного горя, делают войны».

Эразм Роттердамский

«Война в одинаковой мере облагает данью и мужчин, и женщин, но только с одних взимает кровь, а с других — слезы».

У. Теккерей

ГЕРОИ ПОВЕСТИ

Иван, русский, молодой парень, небольшого роста, такой белобрысый губошлеп, всегда в хорошем настроении

Ахмед, молодой чеченец, небольшого роста, черноволосый, худой, нервный

Кадыр, молодой чеченец, крепкого сложения, суровый, никогда не улыбается

Баха, пожилой чеченец, нагловато-самоуверенный, никогда не смотрит собеседнику в глаза

Мыкола, молодой украинец, длинноволосый блондин приятной наружности

Дмитрий, белорус, коренастый, темноволосый, немного суетливый

Яна, молдаванка, милая юная девушка, круглолицая, светловолосая, жизнерадостная.

Важа, грузин, всегда чем-то недоволен

Фархад, и **Зевар**, молодые афганцы, стройные, красивые, похожи друг на друга, как братья.

Хоршед, и **Омид**, уже немолодые иранцы, бородатые, степенные

Залима и Лия, чеченки, обеим под тридцать, одеты в длинные юбки, волосы подвязаны шарфиками.

Дочка Залимы, семилетняя робкая девочка

Ануш и Шагане, армянки, Ануш полноватая и маленькая, Шагане повыше ростом и постройнее, обеим слегка за тридцать.

Скрипач, еврей, скрипач, в пенсионном возрасте, родом из Украины

Мила, русская, красивая юная девушка

Людмила, украинка, молодая, немного застенчивая

Катрин, австрийка лет тридцати, социальный работник

Гюнтер, австриец, молодой, серьезный, властный, директор пансиона для беженцев

Охранники, полицейские, парни и девчата в деревне, чеченцы-боевики, российские солдаты, беженцы из разных стран

Вена. Камера в депортационной тюрьме. Несколько двухэтажных кроватей, стол, пара стульев, зарешеченное окно. Двенадцать мужчин томятся бездельем. Это выходцы из разных стран – два афганца, украинец, белорус, грузин, армянин, три чеченца, два иранца и один русский. Кто–то лежит, кто–то скучает, кто–то играет в карты. В такой тесноте трудно не возненавидеть друг друга.

Украинец Мыкола теребит струны гитары. Афганцы Фархад и Зевар, молодые и красивые, сидят на полу, прислонившись спиной к радиатору.

– А наших песен ты не знаешь? – задиристо произносит Фархад.

– Ваших песен? Нет. А ты откуда русский знаешь?

– Жил в России. Один год. Я много языки знаю.

– Так ты напой, а я подыграю.

Фархад начинает тихо напевать. Зевар ему подпевает, сначала только голосом, потом внятно звучат слова. Мелодия тоскливо-заунывная, с лирическими нотками. Мыкола быстро ловит ритм. Аккомпанемент выдает хорошего музыканта.

– А ну, заткнитесь! Вы оба! – раздается громкий и злой голос чеченца Кадыра, говорит он сквозь зубы.

Поющие замолкают. На мгновение воцаряется тишина. Фархад медленно встает и делает шаг в сторону Кадыра.

– Что ты сказал? Повтори!

– Я сказал, заткнитесь. Мне ваше пение вот уже где! Кадыр делает характерный жест ребром ладони по шее, и тоже поднимается с кровати. Как два петуха стоят они в угрожающей позе друг напротив друга.

– Оставь его, Кадыр, – говорит Ахмед, он тоже чеченец.

Фархад и Кадыр кидаются друг на друга. Начинается потасовка. Афганец пытается взять чеченца в клич, он явно ловчее и сильнее противника. Все встают со своих мест и молча наблюдают за схваткой. Друг афганца Зевар и Ахмед готовы ввязаться в потасовку, но в этот момент иранцы Хоршед и Омид протискиваются вперед. По возрасту они старше всех, у обоих небольшие седоватые бороды. Хоршед хватает за плечи афганца, Омид становится между дерущимися, заслонив собою чеченца. Негромко, но очень твердо говорит что–то на своем языке. Слов никто не понимает, но повелительный тон не оставляет сомнений – он отчитывает их, как непослушных детей. Парни не смеют перечить старшим, отворачиваются друг от друга, расходятся по разным углам. Тайком кидают друг на друга угрожающие взгляды.

– Кадыр, чего ты в бутылку лезешь? – тихо говорит Ахмед, – Пусть поет. Кому это мешает?

– Тебе что, песня не понравилась? – встревает белорус Дмитрий со смешком на устах.

– Песня не виновата, – злобно произносит Кадыр, – Просто я не хочу, чтобы они пели.

Дмитрий садится рядом с Мыколой:

– Слушай, Мика, а ты случаем не знаешь, отчего афганцы с чеченцами так ненавидят друг друга?

– Не знаю.

– Но все же!

– Я уже спрашивал одного чеченца, он не сказал.

– А ты как думаешь?

– Звыняй, Дим, мне это по барабану! Я музыкант, понимаешь? Мне нравятся все, кто музыку любит.

– А чо ты в Австрию приехал? На стройке работать? Музыкант! Хохлы здесь по стройкам вкалывают. По-черному, конечно. А у тебя руки вот, нежные, как у девушки…

– Чо, чо…

Мыкола, насупившись, перебирает струны.

– Я, например, из-за Лукашенко, – не унимается Дмитрий, – А ты разве не из-за политики?

– Мне на политику наплевать. Я же сказал, я музыкант! Меня кроме музыки ничто не чешет, – раздраженно повторяет Мыкола, и в подтверждение своих слов выдает на гитаре несколько залихватских аккордов.

Свет медленно гаснет.

Картина меняется.

Вечер. Кертнерштрассе, пешеходная зона в центре Вены. Зима. Уже почти темно, но магазины еще открыты. Зажигаются огни. По улице прогуливаются толпы туристов. Художники собирают холсты и краски, на их место приходят музыканты. С разных концов улицы льются звуки музыки.

Мыкола находит удобное место, подключает инструмент к портативному усилителю. Раскрытый футляр лежит на земле – для сбора пожертвований.

Подходит мужчина со скрипкой

– А, ты опять-таки здесь…, – говорит скрипач по-русски.

– Да, а шо делать! – отвечает Мыкола без энтузиазма.

– Так ми же с тобой земляки! Как я вижу тебя, у меня такая ностальгия начинается.

– Что еще за ностальгия? – бурчит Мыкола, сосредоточенно перебирая струны, – тебе шо, в Вене плохо живется? Ты же сказал, у тебя гражданство!

– Почему плохо? Хорошо! Я рад, что я в Вене.

– Ладно, не заливай, хорошо жилось бы, не играл бы на улице.

– Гм… Знаешь, Микола, раньше и я так думал. В концертных залах мечтал играть. А потом-таки понял, знаешь, свобода таки дороже. Сколько ты за вечер собираешь? Я, так пятьдесят евриков, а то и все сто. Так шо, если про деньги, то в оркестр мне не резон. Сиди там сзади всех, а мишугин дирижер об тебя ноги вытирает. И сколько раз за месяц там про тебя вспомнят? А если на контракт взяли, то на улицу уже ни ногой! Подработку искать самому! А теперь сам скажи, что лучше? На улице я сам себе солист! Попросят, могу и на свадьбе, и на юбилее сыграть, но сам не напрашиваюсь. Я гордый. Потому шо знаю, улица мине прокормит. Я без копейки не останусь. А шо, мине слава нужна?

– Тебе не нужна, а мне нужна!

– Когда я молодой был, как ты, и мне была нужна... Знаешь, в каких я концертных залах у нас в Одесссе играл! Думал, вот приеду в Вену, мине тут все расхватают. Как газировку в жаркий день. Ну, и шо? Хто мине расхватал? Скрипач я хороший, я это знаю, и пусть мине ничего не говорят. Ничего! Зато детей выучил. Обоих! Они есть моя слава. Сын вчера на конкурсе в Милане приз получил.

– Везет твоему сыну, – произносит Мыкола с завистливой ноткой в голосе, – а я один, обо мне позаботиться некому.

– Ты, значит, на гитаре?

Скрипач с жалостью смотрит на инструмент.

– Это я сюда с гитарой приехал, а так я и на тромбоне, и на рояле, и на ударнике могу, и даже на флейте. Я, можно сказать, человек-оркестр. Понимаешь?

– Понимаю, – снисходительно произносит скрипач. – Ладно, не буду мешать.

Уходит, а через минуту возвращается:

– Ах да, шо хотел спросить, а ты разрешение у магистрате взял?

– Какое еще разрешение?

– Ты шо, не знаешь? Ты в какой стране живешь? Здесь в уборную сходить – разрешение нужно! Если вечером на улице играть, утром надо в магистрате разрешение выписать... А они не всем дают, и не каждый день.

– А...

– Ну, ладно! Пока!

Скрипач уходит.

Мыкола уже настроил гитару, начинает играть. Играет

он хорошо. Вскоре вокруг него собирается толпа. Монеты звякают о стенки футляра. Сверкают вспышки фотоаппаратов. Мыкола уже ни на что не обращает внимания, он весь в игре. В обрамлении длинных светлых волос лицо его становится по-особому красивым. Сначала он наигрывает какое-то попурри, а потом поет.

> Дивлюсь я на небо та й думку гадаю.
> Чому я не сокіл, чому не літаю?
> Чому мені Боже ти крилець не дав?
> Я б землю покинув і в небо злітав!
> Далеко за хмари, подальше од світу.
> Шукать собі долі, на горе – привіту.
> І ласки у зірок, у сонця просить.
> У світі їх яснім все горе втопить.
> Бо долі ще змалку здаюсь я нелюбий.
> Я наймит у неї, хлопцюга приблудний.
> Чужий я у долі, чужий у людей!
> Хіба ж хто кохає нерідних дітей?

Камера скользит по лицам слушателей, по фасадам домов, по витринам магазинов.

Одна мелодия сменяет другую.

Сквозь толпу слушателей протискиваются два полицейских. Мыкола их не видит. Полицейские не перебивают его, они тоже слушают, видно, что и им нравится пение.

Мыкола заканчивает песню и поднимает глаза.

– Bitte, Ihr Ausweiss![1], говорит полицейский.

Мыкола молча протягивает свой паспорт.

– Sie haben kein Visum![2]

– Да. Шенгенской у меня нет. Я из Польши приехал. Ich aus Polen…

– Egal! Sie haben kein Visum, – повторяет полицейский.

Мыкола молча собирает вещи.

---

[1] Ваше удостоверение (нем.)
[2] У вас нет визы (нем).

Картина меняется.

Мы снова в тюремной камере.

– Понимаешь, я приехал сюда, чтобы подзаработать деньжат на собственный диск, – говорит Мыкола. – Как–то же надо пробиваться в этой жизни! Сам знаешь, как сейчас у нас, в Украине… А вместо этого вот, сижу в тюряге.

– В Белоруссии не лучше, – говорит Дмитрий, – вот и я попал в переплет.

– Что за переплет? В Вене?

– Нет, дома. Я правозащитник, понимаешь! Ходил на демонстрации. Мирные демонстрации, понимаешь?! А они начали мне дело шить. С уголовщиной… А я же ни сном, ни духом…

– Все так говорят. Чего ты там демонстрировал? У вас в Белоруссии все равно лучше живут, чем у нас в Украине.

– Ты что, не веришь? Клянусь, я не вру. Вы, украинцы, белорусов вообще не любите, поэтому ты и не веришь мне. Все украинцы не любят белорусов!

– Хватит заливать! Я всех люблю. Мне все по барабану.

– А почему тогда не веришь?

– Да верю я, верю! Просто меня политика не чешет. Мне шо Лукашенко, шо Ющенко, что красуля с косичкой, один хрен! Понял?! Сам знаешь, паны дерутся, а у холопов чубы трещат.

– Если все так рассуждать будут, то никакой справедливости вообще на свете не будет…

– А где ты видел справедливость?

– Ну чего вы, братцы? – вмешивается в разговор Иван, – чеченцы афганцев не любят, украинцы белорусов, грузины армян, турки с курдами дерутся… Вы чо, блин, все того, с ума спятили?

– А ты всех любишь! – говорит Кадыр со злостью в голосе и смотрит на Ивана долгим взглядом, после чего демонстративно отворачивается.

Грузин Важа поднимается с кровати и подходит к окну.

– Так я тебе и поверю, что ты всэх любишь, – говорит,

глядя в окно.

– Ну, почему…, – дураковато смеется Иван, – я тоже это, не всех люблю… Больше всех ненавижу я этих, ну, как их, ну, папуасов с острова, не знаю, как он называется.

Все удивленно смотрят на Ивана.

– А разве ты их хоть раз видел, этих папуасов? – серьезно спрашивает Дмитрий.

– Нет, Дим, не видел, но все равно, знаешь, не люблю. Не лежит у меня к ним душа, и все тут…

– Это почему же?

– А так. Ты еще спрашиваешь! А чего они?

– Что, чего?

– Ну, съели этого…, как его, ну, путешественника одного. А он им, между прочим, ничего плохого не сделал…

– Это ты про Кука что ли?

– Угу, про него самого.

-– Так они его от большой любви слопали.

Иван берет у Мыколы гитару и ударяет по струнам. Потом поет:

Аборигены почему–то съели Кука.
За что, неясно, молчит наука.
Мне представляется гм, гм, такая штука:
Хотели лопать – и съели Кука!

– Ладно, знаю, это Высоцкий. А ты уверен, что это были папуасы с того острова? – дотошно продолжает расспрашивать Дмитрий.

– Да ну вас всех! Ни в чем я не уверен! Уже и пошутить нельзя!

Снова ударяет по струнам и громко запевает:

У девушки с острова Пасхи
Случилось большое несчастье
Украли любовника в форме чиновника,
Съели в саду под бананом…

Открывается дверь. Входят охранники. Недружелюбно смотрят на Фархада, переводят взгляд на Кадыра, и снова на Фархада.

– Nimmt eure Sachen und kommt mit[3], – говорит один из охранников афганцам.

Афганцы молча подчиняются.

– Man darf niemals die Afghanen mit Tschetschenen zusammen lassen[4]. бурчит себе под нос второй охранник.

Проходя мимо Кадыра, Фархад делает угрожающий жест рукой. Зевар кладет руку на плечо друга, тем самым демонстрируя ему свою поддержку.

Дверь за ними закрывается.

– Зачем ты с ними связываешься? – обращается Ахмед к Кадыру, – Мало у тебя проблем, еще хочешь?

– А ты помолчи, – огрызается Кадыр.

К ним подходит третий чеченец, Баха, они тихо переговариваться по-чеченски. Ахмед вскоре отстраняется, видно, что Баха его раздражает.

– Сыграем? – предлагает Иван Ахмеду.

Ахмед не сразу кивает головой. Нехотя подсаживается на кровать к Ивану.

Эти двое внешне, как день и ночь. Ахмед – темноволосый, узколицый, худой и нервный. Иван, напротив, настоящий Иванушка-дурачок из русской народной сказки - круглолицый, голубоглазый, светловолосый и губастый, на лице играет глуповатая улыбка, похоже, он ничего не принимает всерьез.

– В дурака? – спрашивает Иван.

– А во что еще?

– Без дураков, – говорит Дмитрий, – долго нам тут еще томиться? Может, объявить голодовку? Говорят, тех, кто от голодовки начинает загибаться, сразу же выпускают.

– Это раньше выпускали, – перебивает его Важа, – а тэперь у них новый министр внутренних дел, все тэперь по–другому. Злющий этот тетка, эта министр! Придумал,

---

чтобы тэх, кто объявляет голодовку, кормить насильно. Капельницей. Прэдставляешь! Как в больнице!

– Я тоже слышал, что они хотят такое устроить, – перебивает его Дмитрий, – но у них ничего не выйдет. Они не имеют права. Это противоречит женевской конвенции по правам человека. Твое тело им не принадлежит, они не имеют права до него даже дотрагиваться.

– Э… Что ты гаворышь! – возражает Важа. – Если бы нэ имели права, то здэсь нас держать тоже нэ имели бы права.

– А ты, значит, у нас и правда самый умный? – Мыкола смотрит на Дмитрия с улыбкой.

– Да, я грамотный! Нечего смеяться! Могу консультации по правам человека давать.

– А какая польза от твоих консультаций? – спрашивает Ахмед, но Иван не дает Дмитрию ответить.

– Не… Я, братцы, добровольно голодать ни за что не буду. Эта дурь для тех, кто никогда не голодал. А я наголодался так, что на всю жизнь хватит! Здесь, в депорте, конечно, не Сочи, зато кормят…

Произнося эти слова, Иван бросает выразительный взгляд на Ахмеда, но быстро отводит глаза, начинает сдавать карты.

Свет медленно гаснет.

Картина меняется…..

Скверик. Ночь. Иван и Ахмед сидят на скамейке под деревом. Чтобы согреться, тесно прижимаются друг к другу.

– Давай спать по очереди, говорит Ахмед. – Один спит, а другой слушает, если шаги, сразу бежим.

– А вдруг нечаянно оба заснем?

– Ну, тогда сцапают обоих.

– Да уж… Рано или поздно все равно загребут. А может, так и лучше? Дальше-то что делать будем? Ночи вон становятся холодные. Скоро зима. Где ночевать будем?

– До зимы мы не дотянем. Может, ты прав. Пусть забирают в депорт, там хоть тепло. И кормят…

– Есть-то как хочется! У меня в глазах темно от голода.

– Да, после того, как утром старушка у магазина дала нам по булочке...

– Ну вот, думал ли, что поедешь заграницу, чтобы стать попрошайкой?

– Я–то? Никогда в жизни такого не думал! Я и про заграницу никогда не думал. А ты?

– Я тоже нет. Когда видел нищих, думал, лучше застрелиться, чем так жить…

– Мы вообще-то с мамкой небогато жили. Папка бросил нас, убег с приезжей шалавой в город. Но еда у нас завсегда была. Даже в самые эти, ну, как их, постсоветские времена. Картохи наварим, и с капусткой лопаем. Мать соления на зиму солила. У нас огород свой. А теперь… Попрошайничаю. И где? В Вене! Я о заграницах другое думал.

– Слушай, – перебивает его Ахмед, – там, на углу киоск с «хотдогами»…

– Гм… Он закрыт. Ограбить что ли?

– Нет, ограбить не получится.

Иван смотрит на Ахмеда, потом говорит униженно:

– Да, я тоже видел, некоторые раз откусят, и в бачок кидают, им невкусно…

Парни продолжают смотреть друг на друга, потом поднимаются, как по команде, идут в сторону киоска. Останавливаются возле мусорного бачка и снова смотрят друг на друга. В глазах голод, страх и стыд.

Иван медленно поднимает крышку бачка.

Свет медленно гаснет.

Картина меняется

Мы снова в тюремной камере.

Иван с Ахмедом играют в карты.

Иранцы молятся на молитвенных ковриках лицом к окну. Остальные лежат на койках. Камера скользит по лицам. Кадыр лежит на верхний койке. Крупным планом высвечивается его лицо. Глаза злые и влажные от слез.

Наплыв. Картина меняется.

Ночь. Темно. Слышны дальние взрывы и единичные выстрелы. Камера скользит по небу, его разрываю сполохи, опускается к верхушкам деревьев, выхватывает из темноты разбомбленный дом. Кадыр, словно парализованный, стоит перед пепелищем. Наконец приходит в себя, кидается к руинам и кричит:

– Они были там, они все были в доме, они сидели в погребе!

Голыми руками растаскивает головешки. Два чеченца, с автоматами наперевес, пытаются его удержать. Он отталкивает их.

– Не мешайте, если не хотите помочь!

– Пойми, они все погибли, – говорит один из них, – такое попадание…. Здесь никому не уцелеть. Нет больше погреба. Вон бревна куда раскидало.

Среди обломков лежит детская туфелька. Кадыр поднимает ее.

– Сестренки. Ей было всего три годика… Мама…

Пожилой чеченец подходит к нему вплотную:

– Смотри. Хорошо смотри на все это – и запомни! Мы должны отомстить!

Он прижимает Кадыра к своей груди.

– Мы отомстим! – шепчет Кадыр.

Картина снова меняется.

Лес. Отряд чеченских боевиков располагается на привал. Здесь же два русских пленника, они совсем молодые, руки у них связанны за спиной.

Мы видим Кадыра. Он постарел, лицо обветренное, огрубевшее. Одет, как все, в пятнистую военную форму, на плече автомат.

– С пленными что делать будем? – спрашивает командира. Не в горы же их тащить!

Командир сидит на корточках, грызет травинку, думает

долго, потом произносит задумчиво:

– На фиг они нам не нужны! А впрочем, нет, дай еще подумать.

Боевики вынимают из заплечных мешков пакеты с едой и фляги.

– Попить дайте! – просит один из пленных, они оба тоже сидят на земле под деревом.

– Да, щас дам! Шампанского хочешь?

Кадыр сильно пинает пленного ногой. Тот валится на бок, кусает губу от боли, но молчит.

Камера скользит по верхушкам деревьев.

Боевики уже поели. Отдыхают. Кто-то просто смотрит перед собой, кто-то дремлет.

– Пора! – наконец говорит командир, но сам не встает с места, минуту спустя произносит, безучастно кивая в сторону пленных:

– Кто пустит этих в расход? Желающие?

– Позволь мне, командир! – с готовностью вызывается Кадыр.

– Разрешаю.

Кадыр встает и пинками заставляет пленных подняться. Тыча дулом автомата им в спины, уводит их за высокий кустарник к оврагу.

– Быстрей, быстрей, некогда тут на вас время терять, слышим мы его голос за кадром.

Ветви кустарника колышутся. Слышен выстрел и в ответ страшный, душераздирающий крик. Потом еще один выстрел и снова крик. Это повторяется неоднократно, прежде чем все смолкает.

Командир и боевики переглядываются. Возвращается Кадыр. На лице почти счастливая улыбка.

Картина меняется.

Мы снова в камере.

Кадыр свешивается с кровати и наблюдает за игрой.

– Присоединяйся к нам, – приглашает его Ахмед.

Кадыр не отвечает. Смотрит на Ивана с открытой ненавистью. Цедит сквозь зубы:

– Прирезал бы я тебя…

Иван не видит лица Кадыра, он принимает его слова за шутку и его толстые губы растягиваются в добродушной улыбке.

– И тебя прирезал бы, – цедит Кадыр Ахмеду, – за то, что дружишь с этим!

– Успокойся, Кадыр, русские тоже люди, – спокойно возражает Ахмед.

Иван вторит ему, глуповато улыбаясь:

– И чеченцы тоже люди…

Кадыр заносит кулак над головой Ивана, но в этот момент открывается дверь камеры. Охранник вкатывает столик-тележку. Другой охранник остается стоять у двери.

– Abendessen![5]

– Heute ist ihr Glückstag! Morgen in der Früh verlässt Ihr uns![6], – говорит второй охранник в сторону иранцев.

– Ну вот, этим повезло, – завистливо комментирует Дмитрий.

– Что он сказал? – переспрашивает Иван, – Дим, ты единственный из нас понимаешь немецкий!

– Завтра их выпускают. А мы…

Охранники закрывают за собой дверь.

– Дэрьмом кормят! – возмущается Важа, – как свинэй! Разве такое можно есть?!

– А по–моему, ничего. После голодухи–то, – говорит Иван. – Тебе, наверное, голодать не приходилось!

– Прихадылось! – зло отвечает Важа, – все равно я говно есть не буду!

– Ну, так скажи им, чтобы они тебе харчо приготовили, – улыбается Дмитрий.

– Другие едят, а ты что, особенный? – вторит Мыкола.

– Да, особенный. И вообще, на что камэра похожа! Почему вы нэ убираете за собой?

---

[5] Ужин!

[6] Сегодня у вас счастливый день. Завтра утром вы нас покидаете.

– Тебе надо, ты и убирай! А ты что, король на именинах? Сам ты во дворце что ли жил?

– Да, жил я и во дворцах!

– Угу! Во дворце под названием Леобен, – с ленивой насмешкой произносит Дмитрий.

– Да, я сидэл, ну и что? – огрызается Важа. – А кто не сидэл? В той турьме порядок. Не то, что здэс! Там чисто. Там даже спортзал эсть! А здэс хоть подыхай от скуки! С вами тут от грази подохнэшь!

– А ты за что сидел? – интересуется Ахмед.

– За что, за что! За что надо, за то и сидэл!

– Старушку какую прирезал или банк ограбил? – смеется Иван, он все превращает в шутку.

Важа вскакивает с места и кидается на Ивана, но Ахмед преграждает ему путь.

– Со мной драться будешь, – говорит он. – Но не здесь, и не сейчас, а когда выйдем отсюда.

– Не понимаю, ты чего, в тюряге по тюряге тоскуешь? – не унимается Иван.

Важа отвечает все так же злобно:

– Это нэ туряга, а свинарник! Там я знал, что меня завтра ждет, а здэс каждый дэн могут домой отправить.

– А ты маме Бок пожалуйся, – советует Дмитрий, – Говорят, она грузин особенно обожает.

– Нэ только грузин!

– А кто такая, мама Бок, – спрашивает Мыкола.

– Это такая женщина… Ну, как бы тебе сказать? У нее такая душа! Она беженцев жалеет. Сначала она на свои собственные деньги совсем маленький пансион для бездомных иммигрантов открыла. А потом… Потом государство стало ей помогать. В общем, она заботится о тех, кто все потерял.

– Дим, а ты откуда все знаешь? – спрашивает Иван.

– Я тебе уже сказал, я – правозащитник! Мне нужно все знать.

– Неужели ты домой не хочешь? – Иван обращается к Важе, – все грузины хотят домой.

– Как нэ хочу? – говорит Важа, понемногу успокаиваясь, – но нэльзя мне домой. Менэ там убьют. Зарэжут!

– Кто убьет? Саакашвили?

– Э, причем тут Саакашвили!

–А кто тогда?

– Нэ твое дело!

– Ну, не хочешь говорить, не надо.

– Знали бы вы, братцы, как я домой хочу! – говорит Иван тоскливо.

Свет гаснет. Картина меняется.

Русская деревня. Изба с палисадником. За избой огород. В палисаднике цветут георгины. Иван сидит на скамейке перед домом, растягивает меха гармошки. Из дома вываливается группа парней и девчат, все они навеселе.

– Вань, ну что, завтра в дорогу? – говорит одна из девушек.

– Да, с рассветом на станцию.

– Ну и как, не боишься? А как в Чечню-то пошлют? – говорит другая девушка.

– А чо бояться-то, куда пошлют, туда и поедем. На Кавказе я еще никогда не был.

– Так это не тот Кавказ! Здоров ты, Ванек, шутить! – вмешивается в разговор один из парней.

– А что Танька-то не пришла? – спрашивает первая девушка.

– Не пришла, вишь? Она меня больш не любит. Другой у нее. Умный, не то, что я. Понимашь?

Иван раздвигает меха гармони и поет. Остальные подхватывают песню.

Как родная меня мать провожала,
Тут и вся моя родня
Набежала.
Ах, куда ж ты, паренёк,
Ах, куда ты?
Не ходил бы ты, Ванёк,
Во солдаты!

В Красной армии штыки
Чай найдутся,
Без тебя большевики
Обойдутся!

– Ребята, – грустно обрывает себя Иван, – вы ж знаете, я один у мамки, так вы, если чо, так это, заходите к ней. Мало что... Вдруг заболеет. У нас никого из родни. Ну, кроме Мурки.

Друзья шумно соглашаются выполнить просьбу Ивана.

Из дома выходят еще несколько человек. Все толпой вываливают на улицу. Снова звучит песня.

Эх, яблочко, да золотистое,
Да не водися ты, Ванёк,
С коммунистами!
Поневоле ты идёшь,
Аль с охотой,
Ваня, Ваня, пропадёшь
Ни за что ты.

Камера смотрит в спины удаляющимся парням и девушкам, потом возвращается к дому. На крыльце в одиночестве стоит мать Ивана – обычная русская крестьянка, в темном платье с мелкими цветочками, в платке, повязанном под волосами. Смотрит вслед удаляющейся молодежи, краем платка вытирает слезы.

Картина снова меняется.

Мы в той же тюремной камере.

Иван сидит насупленный. Говорит в пространство, ни к кому не обращаясь:

– У меня мать дома одна осталась. Совсем одна. У нас родни никакой, одни только соседи... Свидимся ли еще когда?

– И я у матери один, – говорит Ахмед, – других детей у нее нет.

Наступает долгая пауза, после чего Иван прерывает молчанье уже более бодрым тоном:

– У нас в деревне сейчас как раз яблоки пошли. Это сколько ж мы в депорте-то сидим? Забрали нас еще зимой.

Иван замолкает, и потом, словно вспомнив:

– Мать моя в палисаднике георгины выращивает. У нее самые красивые георгины во всей деревне. Раньше у нас никто цветов не сажал, так, если многолетки сами вырастут, а специально никто не сажал. А как на мамкины георгины насмотрелись, так и сами тож захотели. Теперь соседки соревнуются, чьи георгины лучше.

Снова молчит, потом говорит с горечью:

– А картоху в этом году мамке одной копать придется…

Ложится на кровать, отворачивается к стене.

Ахмед тоже ложится. Камера показывает крупным планом его лицо.

Свет медленно гаснет.

Картина меняется.

Лето. Полдень. Двор жилого дома в Новосибирске. Под деревом на скамейке сидят Ахмед и Мила – хорошенькая блондиночка, с голубыми глазами и веснушками на носу. На ней светлое цветастое платье и туфельки на каблучках.

Оба они очень молоды. У них счастливые лица.

– Ты правда, едешь на каникулы в Грозный? – спрашивает Мила

– Да, дядя приказал. Брат моего отца. Мне не хочется ехать. Ты же знаешь, мы с мамой давно уже здесь у ее брата живем.

– Мамин брат хорошо к тебе относится?

– О да, ты сама знаешь, очень хорошо. Когда мой отец умер… Он от рака умер… Я был еще маленький. У нас так принято, если родители разводятся или отец умирает, дети должны оставаться в семье отца.

– Как это? А мать?

– Мать должна вернуться к ее родителям. Моя мать тогда чуть с ума не сошла. Она боялась меня потерять. И я тоже боялся. Маленький был, но очень хорошо все помню. Я уже отца потерял, а они хотели и маму у меня отнять… Брат моего отца хотел меня к себе забрать. Тогда мама схватила меня и поехала к своему брату. Сюда, в Новосибирск.

– А почему мамин брат не живет в Чечне?

– Он давно уехал, еще Советский Союз был нерушимый. Учился в Новосибирске в университете, влюбился в русскую, они поженились. В Чечню она ехать отказалась, сказала, тогда вообще не выйду за тебя. Вот он и остался в Новосибирске.

– Она тебя любит?

– Да, любит. Но она очень строгая. У них с дядей двое детей. Братишка и сестренка мои двоюродные. Они мне, как родные. Им тоже нравится, что у них старший брат. Это я, значит.

– У нас тоже родня большая. Но не все родные любят друг дружба. Часто друзья бывают ближе родных. Вот, например, как ты сейчас для меня… Ты…

– Что я?

– Ты мне теперь ближе, чем родной…

– Ты мне тоже!

– А может, не поедешь в Грозный? Ты же знаешь, как там теперь… Через год мы закончим школу, и тогда…

Мила чуть запнулась, потом продолжила:

– Тогда мы сами себе хозяева, тогда нам никто не указ, тогда мы сами уже взрослые…

– Мне тоже ехать не хочется. Но дядя сказал, сам приедет, если мать меня к нему на каникулы не отпустит. А я бы лучше с тобой все каникулы провел. Я люблю тебя. По – настоящему.

– Я тоже тебя люблю…, – говорит Мила, стыдливо опустив взгляд.

Они долго сидят молча, плечами касаясь друг друга.

– Выйдешь за меня замуж? – спрашивает Ахмед.

Мила смотрит на него широко раскрытыми глазами. Такого вопроса она очевидно не ожидала. После долгой паузы отвечает рассудительно:

– Да. Но сначала мы должны школу закончить. И в институт поступить. И вообще мы еще слишком молоды для того, чтобы семью заводить.

– По нашим, чеченским законам – не так уж молоды. Мулла нас враз поженит, – улыбается Ахмед.

Мила не отвечает на его улыбку, говорит серьезно:

– Нет, без расписки нельзя. И вообще, почему мулла, а не священник? Я мою веру менять не собираюсь. Хотя мы, конечно, в церковь только на пасху ходим.

– Значит, без расписки ты не согласна? – переспрашивает Ахмед, игнорируя ее вопрос.

– Нет, не согласна. Все должно быть по правилам. У нас должна быть настоящая свадьба, все, как полагается. Чтобы белое платье. Загс. Гости. Понимаешь? Тогда и семья будет настоящая, крепкая. Как у моих родителей.

– Ну что ж, значит, будем ждать! Ты будешь меня ждать?

– Да, я буду тебя ждать.

Ахмед и Мила целуются.

– Хорошо, поженимся, как только нам исполниться восемнадцать! – заключает Ахмед. Потом, словно вспомнив, спрашивает, – а твои родители не будут против?

– Думаю, будут. Они станут говорить, что замужество помешает нам учиться в институте.

– Я не это имею в виду. Будут они против, если ты выйдешь за чеченца?

– Не знаю, – нерешительно произносит Мила, – может, и будут. Но когда они узнают, какой ты… Я уверена, они согласятся. А твои? Твои родные позволят тебе жениться на русской?

– Мне это все равно. Мама точно не будет против. Она ж видит, как ее брату повезло, что он на русской женился. Такую семью еще поискать. Они и нас приютили… Но если мы когда-нибудь захотим жить в Чечне… Сейчас там все не так, как было раньше, когда Советский Союз был. Там теперь все решают старейшины. Законы у нас теперь другие.

– В каком смысле другие?

– Старейшины будут требовать, чтобы ты приняла мусульманство.

– Ладно, не будем об этом, – прерывает его Мила, – в Чечне мы точно жить не будем! Я из Новосибирска никуда не уеду. Даже в Париж! Ну, разве что погостить или в туристическую поездку, но жить я хочу там, где выросла. Здесь меня все знают и любят.

Молчит недолго, потом продолжает:

– Знаешь, я так сильно люблю тебя, что мне больно думать о том, что может случиться в будущем.

– Мне тоже больно. С тобой я совсем другой. Оттого, что ты меня полюбила, мне кажется, я стал совсем другим. Я даже сам себя стал больше любить.

– Пойдем вечером кататься на роликах?

– Но только если ты меня сейчас же поцелуешь. Давай быстрее, пока никто не смотрит.

Целуются.

Картина меняется.

Мы снова в тюремной камере.

Ахмед смотрит перед собой невидящим взором, мысли его где-то далеко.

За окном светает.

Картина снова меняется

Серое, казенное помещение для переговоров в депортационной тюрьме. Посередине большой стол, вокруг стола несколько стульев. Столб света падает из высокого окна. За столом Иван и Катрин, социальный работник.

Катрин обращается к Ивану:

– Вы не хотите рассказать мне вашу историю?

– О, вы говорите по-русски! – обрадовано восклицает Иван. – А где вы учили наш язык?

– Здесь, в Вене. В гимназии.

– У нас в школе тоже немецкий преподавали, но говорить я так и не научился, Сейчас уже много понимаю, но говорить не могу.

– У вас дома осталась семья?

Иван, горестно вздохнув:

– Я у мамки один. Она, наверное, уже все глаза выплакала.

– Расскажите, почему вам пришлось бежать?

– А что тут рассказывать! Я уже в Трайскирхене три раза все пересказывал. Но они мне все равно не поверили.

– Я вам поверю.

– С самого начала что ли рассказывать?

– Да.

– Ну, забрали меня в армию. В прошлом году это было. Мне как раз восемнадцать стукнуло. Мамка мне такие проводы соорудила! Гуляли всю ночь, а наутро вся деревня пошла на станцию меня провожать! А я вроде как не в себе был, ведь всю ночь гудели, поспать так и не удалось. В поезде отсыпался. Весь день и всю ночь мы ехали. Привезли нас в учебный лагерь. Через несколько дней узнал, что меня, и правда, в Чечню посылают. Два месяца дали на подготовку. Не знаю, чему нас там учили, я так больше по лагерю шатался, до нас вроде никому дела не было. Стрелять, правда, учили. Мне понравилось стрелять. Я хорошо попадаю в цель. Сам не знал, что глаз у меня такой меткий. И рука тоже твердая. Другие тоже не верили. Ведь я всю жизнь в разгильдяях ходил. Не, не то, чтобы в непутевых, а так, не шибко серьезный я. Не, законы я не нарушал, просто мне все фиолетово.

– Почему фиолетово? Не понимаю.

– Ну, это значит, по барабану.

Катрин все так же непонимающе смотрит на Ивана.

– Ну, это значит, все рано. Ну, безразлично. Политическую подготовку с нами тоже проводили, ну, рассказывали, кто такие чеченцы, и почему они с нами воюют. Если честно, то мне все это казалось какой-то игрой. Пацанами мы в войну часто играли, ну, и сейчас думал, ждут меня геройские приключения. Фильмы про войну любил смотреть. Там ведь все ясно, кто плохой, кто хороший. Казалось, теперь я вроде как сам стал героем фильма. А вообще, не знаю, что я тогда думал. Кажется, ничего не думал.

Потом нас снова посадили в поезд и повезли. С ребятами я к этому времени подружился. Они хорошие были ребята. Прибыли в Чечню. А там командиры стали гонять нас с одного места на другое, и все пешком. Но это ничего, мужчина должен уметь и не такое выдержать. А потом… Сначала нас везли на машине. Высадили, и повели в лес. Да и не лес это был, а так, перелески какие-то. Кустов высоких там больше, чем деревьев. Когда стемнело, залегли мы, значит, на краю неглубокого такого овражка, и стали ждать. Чего ждем, не знаю. Флягу пустили по кругу. Это для храбрости, значит. Ну, и для тепла, а то на земле-то лежать холодно. Я сделал два больших глотка, на душе сразу повеселело. Вдруг начали стрелять. Кто начал, они или наши, не знаю. Я тоже пальнул для порядка.

– Вам было страшно?

– Страшно? Не, не по-настоящему. Только состояние такое вдруг сделалось, словно у меня горячка. Или как будто я пьяный. Хотел даже бежать в атаку, но Сашка, друг, успел схватить меня за сапог: «Приказа жди!»

Стрельба смолкла так же внезапно, как началась. Я чувствовал, что чеченцы совсем близко. И правда, с другой стороны оврага вроде как послышались голоса. Показалось даже, слышу, как они дышат. Но это, конечно, только показалось. Долго так лежали. От земли холод, впору воспаление легких схватить. Ноги тоже затекли. Но мы тихо лежали. Где-то на правом фланге опять пошла перестрелка, но не сплошная, а так, одиночными выстрелами. Командир по цепочке передал, чтобы мы не рыпались, ждали сигнала.

И вдруг я разборчиво так услышал, на той стороне оврага двое матюкаются. По-русски. Вы представляете?

– Что такое, матюкаются? – переспрашивает Катрин.

Иван смутился, отвел глаза.

– Ну… Это значит, такими словами по-русски выражаются, каких в книгах не напечатают. Но не это главное. Главное, они говорили по-русски. По-русски, понимаете! Я хорошо слова слышал. Ну и по-матерному, тоже по-русски, да так ловко, так только русские умеют.

– Что это такое, по-матерному, – снова перебивает его Катрин.

– Ну, я же сказал, – Иван снова смущенно опускает взгляд, – ну, это то же самое, что матюкаться. Ладно, давайте, дальше расскажу. Тут у меня внутри все словно перевернулось. Нам на политподготовке говорили, что они враги, а тут я слышу, как они по-русски говорят! Какие же это тогда враги, если по-русски?! Ну, скажите сами!

С этими словами Иван вскакивает с места, и, жестикулируя, растопырив короткие пальцы, бегает по комнате. Катрин не сводит с него глаз. Через минуту он успокаивается, садится на место.

– Может, вы хотите сделать перерыв? Налить вам воды? – участливо спрашивает Катрин.

– Нет, ничего. Спасибо. Ничего, я уже успокоился. Водички, да, водички попить…

Катрин наливает в стакан воды из графина. Иван жадно пьет. Немного успокоившись, произносит:

– В Вене вода хорошая.

– Да у нас вода ледниковая…

После долгой паузы Иван произносит задумчиво:

– Да, ледниковая…, - снова молчит какое–то время. – Ну, в общем, когда я пришел в себя, голова у меня стала совсем ясная. Как будто я только теперь протрезвел. Только тут я понял, это же не игра, блин! Стреляем мы не по бумажным мишеням. По живым людям! Таким же, как мы. И они говорят по-русски! Тут все во мне перевернулось. Меня даже затошнило. Ну, в общем… Когда начался настоящий бой… Я слышал, кого–то из наших ребят ранило. Или убило. А я лежу, как парализованный, ни одного выстрела не сделал. В тот момент я решил, лучше пусть меня убьют, чем я… Что я потом мамке скажу? Она ж у меня набожная. Убийство – это грех. Вдруг слышу голос: «Ты что, сука, не стреляешь, заснул что ли?!» Ну, я и пальнул куда-то вверх. Сашка пнул меня ногой и заорал: «Ну, погоди, блин, живы останемся, я с тобой разберусь!».

Тут сигнал к атаке. Все сорвались с мест. Я тоже. Вскочил и побежал. Куда, не знаю. И вдруг такая боль в ноге, аж в глазах потемнело. Ну, все, думаю, пуля! По инерции сделал еще шаг и тут мне голову пробило. Короче, вырубился!

Иван замолкает, горестно опустив голову.

Катрин смотрит на него с сочувствием. Через минуту он поднимает глаза.

Катрин нетерпеливо спрашивает:

– Ну, а что было дальше?

– Вы понимаете, я – предатель. Я ребят своих предал. Они жизнями рисковали, я обязан был с ними… Я присягу давал. И я ее нарушил. А это тоже грех. Они мне этого не простят. И будут правы. Я их понимаю. Но в тот момент я просто не знал, где свои, а где чужие. Понимаете, когда я услышал, что на той стороне тоже русские… Раз говорят по-русски, значит, русские, не так ли? Получалось, свои там, и свои здесь. Вы-то понимаете это? У нас ведь у всех одна родина. И в конституции записано, национальная вражда преследуется по закону.

– Да, понимаю, – нетерпеливо произносит Катрин, – а что было дальше?

– Дальше…

Свет медленно гаснет.

Картина меняется

Молодой лесок. Иван лежит на траве. За кадром слышно, как под чьими-то ногами ломаются ветки. Иван настораживается. Потом кричит:

– Стой, стрелять буду!

Смотрит на свои пустые руки, ищет взглядом винтовку. Она валяется в десяти шагах от него. Хочет встать, но боль в ноге заставляет его снова повалиться на траву. Смотрит на свою ногу. Нога распухла. Трогает голову и тихо вскрикивает от боли, на лбу у него огромная шишка, под глазом кровоподтек.

Из кустов доносится мужской голос:

– Я тебе стрельну!

Появляется молодой парень и кидается на Ивана. В схватке оба катаются по земле. Иван кричит от боли.

– Постой, давай поговорим! – произносит Иван, с трудом превозмогая боль.

Парни садятся и смотрят друг на друга. У обоих в глазах растерянность и страх. Они примерно одного возраста.

– Ты русский или чечен? – спрашивает Иван.

– Чечен, а что, не видно? – отвечает Ахмед задиристо.

– А я почем знаю? Ты что тут делаешь?

– То же, что и ты.

– От своих что ли отстал?

Ахмед молчит, сосредоточенно глядя в сторону.

– Понятно! Значит, дезертир…, – произносит Иван бесцветным голосом.

Оба неприязненно смотрят друг на друга.

– Это ты дезертир, – презрительно сплевывает Ахмед. – Струсил, значит! За свою поганую шкуру испугался!

– Не, мне на мою жизнь наплевать!

– А чего тогда драпанул?

– Не драпанул я. Видишь, у меня нога ранена…, – неуверенно говорит Иван, – и голову пулей пробило.

– Пулей? – Ахмед смеется издевательским смехом и добавляет, – ты просто навернулся. И теперь в кустах отсиживаешься.

– Нет, я не драпанул! Меня ранило!

Иван опускает голову и произносит едва слышно:

– Но если правду… Не могу я в своих стрелять…

– Это в кого это, в своих? – удивленно переспрашивает Ахмед. – Ты на чечена не похож!

– Не, я русский. Но мы ж один народ. Вы тоже по-русски говорите. Значит, мы не враги… Мы не можем быть врагами!

– А…

Воцаряется молчанье.

– Да, в живых людей стрелять, это тебе не…

Ахмед не договаривает фразу до конца.

– Значит, ты меня понимаешь. Ваня меня зовут. А тебя?

– Я Ахмед.

– И что ты тут делаешь?

– Отстал от своих. Теперь надо догонять.

– Ага, – говорит Иван насмешливо, – я от бабушки ушел, я от дедушки ушел…

– А то ты не знаешь, какая облава идет на молодых чеченцев! Все нас хотят. Русские словят, скажут, террорист, тут же, на месте и пристрелят. Свои… Свои тоже не лучше. Начинают мозги, короче, вправлять.

– А ты, блин, стрелял?

– Стрелял, – огрызается Ахмед, – а ты кто такой, что бы меня допрашивать?

– Да не…, я не допрашиваю я, – говорит Иван примирительно. – Каждый сам себе допросчик. Не хочешь, не говори. Я про себя могу все рассказать. Это был мой первый бой. И я теперь предатель. Никто мне не поверит, что меня ранило.

– Да не ранило тебя, – насмешливо повторяет Ахмед. – Крови нет. Наверное, ты ногу вывихнул. Или сломал! Давай, посмотрю! Я курс первой помощи проходил.

Трогает ногу Ивана. Иван вскрикивает.

Оба молчат. Ахмед встает и уходит. Возвращается с толстыми ветками в руках. Снимает с себя куртку, потом рубашку и майку. Снова надевает рубашку и крутку, а майку рвет на полосы.

– Вот, шину наложить надо.

– Зачем ты, я мог бы и свою рубашку порвать.

Ахмед неумело возится с шиной.

_ А ты-то как здесь один оказался? – спрашивает Иван

– Короче, меня в бою контузило, – нехотя говорит Ахмед, – левый глаз теперь плохо видит. Сначала меня в какой–то дом привезли, а потом в госпиталь.

– А потом?

Ахмед продолжает неумело возиться с шиной.

– На следующий день я уже должен был уйти из госпиталя, а ночью пришли русские. Ну и, всех, кто мог ходить, забрали. Меня тоже. Повезли куда-то. Когда вывели из машины, я увидел богатый чеченский дом, с внутренним двором, как полагается. Короче, посадили меня в подвал, сказали, потом разберемся. Просидел я там до ночи. Под утро слышу шум, голоса, и все матом. Потом вдруг стало совсем тихо. Прошел час – ни звука. Тишина такая, что аж в ушах звенит. Даже страшно стало. День прошел, наступила ночь. Сидел я, короче, в камере, этот подвал был, как тюрьма, короче. На полу одеяло, в углу ведро для нужды, и трехлитровая банка с водой, но не полная, а так, до половины. Короче, дверь на запоре, окно наверху в решетке, да такое маленькое, да и выходит в углубление, там даже ребенку не повернуться. Короче, не окно, а просто отдушина.

В первую ночь я боялся, что пытать будут. Ребята наши всякое рассказывали! А когда понял, что меня забыли … Представляешь, забыли! Ты представляешь, что со мной было? На второй день я подумал, что лучше было бы, если бы пытали. Нет, тебе этого не понять! Это такой страх… Это надо самому пережить. Про меня забыли! Понимаешь, совсем забыли! Меня запрели и оставили одного! На медленную смерть… Лучше бы они меня убили…

– Ну, и как ты выбрался?

– А вот как. На третий день я уже как с ума сошел. От голода и от страха. Короче, у меня приступ начался. Я рассудок начал терять. Стал колотить в дверь ногами, руками, головой. Не знаю, как долго это продолжалось. Хотел убить себя. И вдруг дверь подалась, а потом совсем распахнулась. Я этого не ожидал. Короче, мне удалось замок выбить. Потом долго весь в синяках ходил.

Ахмед замолкает. Ему трудно говорить. Похоже, в нем воскрес старый страх. После долгой паузы продолжает:

– С тех пор… Короче, я совсем не могу быть один. Даже полчаса… И вообще… Короче… Когда ни одной живой души рядом…

– Я тебя понимаю.

Ахмед уже наложил шину. Теперь он достает из кармана

кусок хлеба, разламывает пополам:

– Хочешь?

– Да!

Парни ложатся на траву, жуют хлеб и смотрят в небо.

– Да, я стрелял, – говорит Ахмед бесцветным тоном. – Ненависти у меня не было, но я стрелял. Просто так стрелял, без ненависти. Мне говорили, так надо, и я стрелял. Потому что на войне или ты, или тебя. Я выполнял приказ.

– Понимаю. Если бы я ногу не сломал, я бы тоже…

– И зачем только я поехал на эти каникулы к дяде! – произносит Ахмед горько.

Долго молчит, и потом продолжает тихим голосом:

– А у меня невеста в Новосибирске. Мила. Ее брат, как и ты, в русской армии служит. Может, я в ее брата стрелял...

– Не надо об этом думать. А то совсем свихнешься.

– Короче, мы теперь с Милой, как Ромео и Джульетта. Ты фильм про Ромео и Джульетту смотрел?

– Нет, не видел.

– Это были такие парень и девушка. Как мы с Милой. Они любили друг друга, но их родня была против, потому что их семьи… Короче, у них, как и у чеченов, кровная месть была. В общем, теперь я сам не знаю, кто я такой…

Иван кладет руку на плечо Ахмеду, тот помогает ему встать. Уходят в обнимку.

Картина меняется

Мы снова в серой комнате.

– Вот так мы, блин, и подружились, – говорит Иван, – даже сам не знаю, как это получилось. Нога у меня и правда была сломана. Даже сейчас немного хромаю. Не очень заметно, но кость, наверное, срослась не так, как надо. Ахмед не оставлял меня. Мы в лесу прятались. Он уходил, чтобы достать еды. Говорил крестьянам, что для боевиков, а сам… Иногда приносил немного спиртного, это помогало согреться. Вы не знаете. В лесу самое страшное, это холод. Днем еще ничего, а по ночам… Ахмед мог бросить меня.

Или пристрелить. Или сдать своим. Но он этого не сделал.

Иван замолкает, потом произносит беспокойно:

– Только никто не должен знать об этом. Ведь он тоже убег от своих. Про меня можно говорить, мне это по барабану, то есть мне это все равно, а про него нельзя. Иначе его свои же, чечены… Здесь их, знаете сколько…

– Об этом вы не беспокойтесь, – спокойно говорит Катрин. – Все, о чем мы с вами говорим, отсюда никуда не уйдет. Только вы должны знать, что это в ваших интересах, рассказывать только правду.

– Мне скрывать нечего. Про себя я могу все рассказать. В первый момент я греха испугался. Вот так я, блин, стал предателем. Гордиться тут нечем. Я своих ребят предал.

Катрин едва слушает его, заглядывает в свои бумаги, перелистывает и говорит официальным тоном:

– Собственно, я сегодня пришла, чтобы сказать вам, что ваше заявление на получение убежища принято к рассмотрению. Через пару дней вас выпустят из депортационной тюрьмы, вы получите место в общежитии для беженцев.

В ответ на это Иван открывает рот. Наконец произносит тихо:

– Ой, спасибо!

И вдруг мрачнеет:

– А Ахмед? Без него я, учтите, никуда не пойду. Мы с ним теперь, как братья. У меня брата никогда не было…

Картина меняется.

Иван входит в камеру. Смотрит на Ахмеда, не в силах сдержать радость во взгляде. Тайком показывает поднятый кверху большой палец, все, мол, хорошо.

– Ты чего такой веселый? – придирчиво спрашивает Кадыр, – выиграл миллион что ли?

– Что-то в этом духе. Я всегда веселый.

– Ну, конечно, ты же Иванушка-дурачок!

– Угу!

Мыкола наигрывает что–то на гитаре.

Потом запевает чистым юношеским голосом песню Высоцкого:

> Мерцал закат, как блеск клинка.
> Свою добычу смерть считала.
> Бой будет завтра, а пока
> Взвод зарывался в облака
> И уходил по перевалу.
> Отставить разговоры
> Вперед и вверх, а там...
> Ведь это наши горы, Они помогут нам!
> А до войны вот этот склон
> Немецкий парень брал с тобою!
> Он падал вниз, но был спасен,
> А вот сейчас, быть может, он
> Свой автомат готовит к бою.

Иван подпевает.

Кадыр настроен сегодня особенно агрессивно. Видно, что у него кулаки чешутся.

Входят охранники.

– Ge'ma in Hof, spazieren![7] – говорит одни из них, и добавляет на ломаном русском, – Марш на дворе! Гулять!

Заключенные поднимаются со своих мест и гуськом выходят наружу.

Кинокамера скользит по стенам, задерживается на одинокой, прислоненной к стене гитаре, скользит к окну. Приближается сначала решетка, затем городской пейзаж за окном – деревья, улица.

Картина меняется.

***

Комната в общежитии для беженцев. Три кровати, стол, четыре стула и шкаф для одежды.

---

[7] Выходите во двор, гулять (нем., венский диалект).

Ахмед сидит на кровати, в руках у него учебник немецкого языка. Он громко и медленно читает:

– Guten Tag! Wie geht es Dir? Danke! Es geht mir gut![8]

Входит Иван с потрепанным маленьким аккордеоном в руках.

– А это что такое? – спрашивает Ахмед. – У кого гармошку стырил?

– Бассейн чистил у одних австрийцев, а потом помогал разбирать барахло в подвале. Они хотели все выбросить, и этот инструмент тоже.

– Инструмент! А за работу они тебе заплатили?

– Дали, блин, двадцать пять евриков.

– Это за целый день? Сколько часов ты работал?

– Не важно. Спасибо и на том. Все равно делать больше нечего, а так хоть при деле.

Иван достает из кармана плитку шоколада, протягивает Ахмеду. Тот жадно, по-детски разворачивает обертку, разламывает плитку пополам, протягивает Ивану половинку.

– Не, это тебе, свою я уже по дороге слопал, – говорит Иван, вынимая из кармана две десятки. Одну протягивает Ахмеду.

– Нет, не надо, это твои, – решительно отказывается Ахмед.

– Как, это не надо? Мы же с тобой братья!

Ахмед колеблется, затем произносит как бы нехотя:

– Ну, хорошо. Спасибо, блин.

– Ха! Научился блинами разбрасываться! А какими словами ругаются чечены?

– Потом скажу.

– Ну а все-таки?

– Чё пристал? Матерными. Русскими. Понял?

– А своих ругательств у вас что ли нету?

– Отвяжись!

Иван садится на кровать и пробует играть на аккордеоне.

– Совсем расстроенный.

---

[8] Добрый день! Как поживаешь? Спасибо. Хорошо.

– А чё случилось?

– Не, не я расстроенный. Аккордеон расстроенный. Не знаю, смогу ли починить…

– Я тоже расстроенный.

– А ты чего?

– Да так, тоска. По матери скучаю. А еще больше по Миле. Она уже забыла меня.

– Нет, если настоящая любовь, то не забыла.

– А у тебя девушка есть?

– Нету. Нравилась одна у нас в деревне, но она с другим ходила.

– Гм… Ну и дура.

– Нет, она не дура. Это я дурак.

Иван снова растягивает меха, потом резко их сдвигает.

– Слушай, Аха, а почему ты меня тогда не прикончил? Мы ведь враги были.

Ахмед отвечает не сразу:

– Не знаю. Может потому, что ты безоружный был.

– Ну и что? Кадыра это не смутило бы. Пристрелил бы, как собаку.

– Ты Кадыра не суди. У него другая история. У него всю семью бомбой убило.

– Я никого не сужу. Ненависти у меня нет.

– У меня тоже нет. Короче, к тем, кто лично мне ничего плохого не сделал. Но если бы кто-то мою мать… Или Милу… – Замолкает надолго, потом продолжает задумчиво, – Одно дело, человека в бою убить, и другое, когда ты ему в глаза сморишь. Да еще, когда видишь, что он тебя убивать не собирается…

Стук в дверь. Входит Дмитрий.

– А ты откуда? – восклицает Иван радостно. – Тебя тоже выпустили?

– Да! Меня тоже приняли на азюль. Я ведь политический!

– Все мы политические, – смеется Ахмед.

– Нет! Без дураков. Многие выдумывают, а я – правда!

– Мы с Ахмедом тоже политические, – поддакивает Иван

смеясь

– Хватит смеяться! – дружелюбно огрызается Дмитрий. – Ванька, ты и правда, Иванушка–дурачок!

– Тебя в нашей общаге поселили? – перебивает его Ахмед.

– Да, на четвертом этаже. А как здесь кормят? Ничего?

– Да как сказать! – говорит Иван, – Не очень. Но хорошо, что кормят. И спать есть где. Мы с Ахой, блин, по–черному немножко подрабатываем. Я сегодня бассейн чистил.

– Да, на сорок евриков карманных в месяц не шибко разжиреешь, даже на сигареты не хватит, – произносит Дмитрий деловым тоном.

– А мы, Дзимитрый, так тебя, кажется, по-белорусски кличут, с куревом завязали. Оба в один час.

– А я не могу. Пробовал пару раз, не получается.

– А что там с другими, не знаешь? – спрашивает Ахмед.

– Ты про Кадыра и Баху?

– Да. И про них тоже.

– Их тоже отпустили на азюль.

– Где они теперь?

– Понятия не имею. Загнали в какую-нибудь Тмутаракань. Сам знаешь, как тут к одиночкам относятся. Если ты молодой и одинокий… Смотрят на тебя, блин, как на бандита.

– А что с Мыколой?

– Мыколу посадили.

– Как? За что?

– Не! В поезд его посадили. Домой отправили. До границы с полицейским, а дальше мол, как хочешь. Его собирались самолетом отправить, но он им такую комедию закатил, в кино ходить не надо! У него, видите ли, эта, как ее, ну, фобия, он боится летать самолетом. Наших милиционеров это не смутило бы, надели бы наручники, усадили в багажное отделение и – сделай дяде ручкой. А у австрийцев так нельзя, они сразу к нему психолога с психиатром… Извинились, ну и всякое такое, и обратно камеру. Сказали, отправят поездом. Полицейский будет его сторожить до границы. А границы сегодня, сами знаете… Мыкола сказал, из Польши рванет в Норвегию. Там деньги другие, все дорого, и зарплаты в два раза больше, блин, чем в остальной Европе, так что уличным музыкантам тоже хорошо отваливают. Музыканты там, будь здоров, сколько загребают. А на Украине – это целый капитал! Мыкола сказал, за сезон не то что диск издаст, половину студии купит. Ну, это чтоб самому диски записывать…

– Может, и нам в Норвегию рвануть?

– Ничего не выйдет. Вы уже в Австрии отпечатки пальцев сдали, так что вас с порога обратно в Австрию заказной бандеролью…

– Угу. Понятно, – говорит Иван, снова растягивая меха аккордеона.

– В Норвегии только летом хорошо, – говорит Дмитрий, – а зимой там… темно…

Ахмед кивает на оконце, выходящее в двор–колодезь:

– А у нас что, светлее?

– Ты не знаешь, что там с грузином нашим? – спрашивает Иван.

– С грузином? Адвокат ему хороший попался, так что его тоже выпустили. А вчера я с ним на улице встретился. Он с другом был. Обхохочешься! Смех! Этот друг за воровство в тюряге сидел. В общем, отсидел полтора года, вышел на свободу и рванул в Каритас – дайте, мол, деньжат и где спать. А там парень смотрит в компьютер, потом смотрит на справку об освобождении, потом на этого типа, и снова в компьютер. «А вы знаете, – говорит, – что у вас позитив?». В общем, пока этот вор в тюряге срок отбывал, ему позитив дали! Представляете? Теперь у него паспорт и социал – восемьсот евриков в месяц на блюдечке. И это пожизненно! Работать не надо!

Иван усмехается. Ахмед молчит.

– А еще он меня с одним грузином познакомил, – продолжает Дмитрий, – Васо зовут. Переводчиком работает. Предлагает свои услуги. Говорит, у него знакомые влиятельные, за деньги позитив сделать могут.

– И ты поверил? – недоверчиво произносит Ахмед.

– Здесь не знаешь, кому верить. Заработать все хотят. Этот Васо за хлопоты берет пятьсот евриков, это сразу, а потом, если все получится, еще тысячу.

– А если не получится?

– Ну, тогда, ты ему ничего больше не должен.

– А эти пятьсот он вернет?

– Конечно, нет. Это за голые хлопоты.

– Вот именно, что голые…

– Я тоже так думаю, – говорит Ахмед равнодушно. – Никаких знакомых у него нет, надувают нашего брата старыми советскими способами.

– Я тоже так думаю.

– Ты хоть по-немецки балакаешь, – говорит Ахмед завистливо, – а нам так и вовсе… Хотел на курсы, но бесплатных курсов не дают.

– Гм, некоторые по десять лет в Австрии живут с позитивом, а по-немецки ни в зуб ногой.

– Хорошо бы телек приобрести, – говорит Ахмед, словно не слыша, – чтобы немецкие программы смотреть. Да где ж денег взять?

– Может, подарит кто… Аккордеон же подарили! – бормочет Иван.

– Ну и как вы тут вообще живете? – спрашивает Дмитрий.

– Как, как, сам видишь, как! – отвечает Иван. – От скуки дохнем. Разрешения на работу нет. Вот и живем без денег, без дела. Когда еще ответ по азюлю придет, один Аллах знает!

– Почему Аллах? – спрашивает Дмитрий серьезно.

– Ну, это поговорка такая, понимаешь?

– А…

– Многие по десять лет ждут. Живут вот так же, на птичьих правах. Если бы хоть нормальная работа была, а то в голову дурные мысли лезут.

– А по черному?

– Что, по черному? Если раз в месяц найдешь что, то считай, повезло. Мы с Ахой иногда на стройку ходим, но там дрожи целый день… Если поймают… Штраф…

Картина меняется.

Столовая в общежитии для беженцев. Обеденные столы, стулья, плохонькие диванчики у стены, этажерка с книгами и настольными играми в потертых коробках, в углу ящик с детскими игрушками. В другом углу небольшой телевизор. Полы покрыты линолеумом. Помещение вроде бы чистое, но на всем печать убожества.

У стены два столика на колесах, на них большие кастрюли.

Время обеда. Беженцы сидят группами – отдельно мужчины и отдельно женщины. Зал негласно поделен на две половины – мужскую и женскую.

Ахмед и Иван едят молча.

Входят две женщины, набирают еды на тарелки и уходят в свои комнаты. Появляется служащий фирмы, поставляющей обеды, он собирается увезти кастрюли с остатками еды.

– Warte![9] Погоди, еще не все поели! – кричит Иван.

Служащий недружелюбно смотрит на часы.

– Das geht mich nichts an[10]!

Иван почти отталкивает его от кастрюль и набирает в большую тарелку побольше еды. Ставит тарелку на стол. Служащий увозит столик.

Входит Дмитрий. Садится к столу.

– Это для меня?

– Скажи спасибо Ивану, – кивает Ахмед, – он твою порцию в бою отбил.

– Что значит, в бою?

– Короче, он чуть не подрался с этим типом. Они нас за людей не считают!

---

[9] Подожди (нем.)
[10] Меня это не касается (нем.)

– Ребята, выпить-то как хочется! – говорит Дмитрий, не реагируя на слова Ахмеда.

– Да, неплохо бы, – отзывается Иван, – но только вечером. У меня трешка есть. На бутылку красненького хватит. А если в пакетах, то на две литрухи.

– Фу, пить эту кислятину! – морщится Дмитрий, – может, наскребем на беленькую?

Кинокамера отдаляется, скользит по помещению, останавливается на столике, за которым сидят две чеченки с девочкой лет семи. Они уже пообедали, теперь собираются пить чай. На столе фарфоровый чайник и чашки. Залима, мать девочки, разворачивает салфетку, в ней два пакетика чая. Она опускает их в чайник. Другую салфетку с несколькими кусочками сахара кладет на середину стола. Девочка берет два кусочка сахара, один тотчас засовывает в рот, другой кладет рядом с чашкой. Робко смотрит на мать.

– Залима, зачем ты кормишь ребенка сахаром? – произносит Лия поучительным тоном. – Ты же знаешь, сахар и соль – это яд человечества.

– Оставь меня в покое, – нетерпеливо отмахивается Залима. – Ничего я такого не знаю. Если я не могу позволить себе купить моему ребенку шоколадку, то пусть хоть сахарку поест.

– Но ты же знаешь, что это вредно для здоровья! – настаивает Лия.

Девочка растерянно вобрав голову в плечи, смотрит на мать, переводит взгляд на Лию и снова на мать.

– Ну что за привычка у тебя, Лия, – раздражается Залима, – вмешиваться не в свои дела?!

– Потому что у меня душа за вас болит. Ты этого не понимаешь? Ты же знаешь, что я человек образованный. Я журналист. Я специальную литературу читала… И я хорошо знаю, что вредно, и что полезно.

– Послушай, ты, журналистка, – злится Залима, – не при нашей бедности про образование рассуждать. Дай бог, чтобы ребенок сыт был. А ты иди лучше, напиши стишок!

А ребенка моего оставь в покое!

– Ты издеваешься надо мной? Да, я писатель. И я поэтесса. И нечего над этим смеяться!

– Ха, поэтесса! Если ты поэтесса, то не лезь в чужие дела. Занимайся своими!

Женщины уже кричат друг на друга. Присутствующие оборачиваются в их сторону. Лия задыхается от возмущения, не находя слов, хватает со стола салфетку с остатками сахара и бросает в мусорный бачок. Залима вцепляется ей в волосы. Лия хватает Залиму за руки, но оторвать их от своих волос она уже не в силах. Тогда она тоже хватает Залиму за волосы. Женщины визжат. Ребенок от страха лезет под стол. В зале раздается смех. Проходит не меньше минуты, прежде чем двое мужчин решаются разнять дерущихся. Они хватают обеих женщин за руки и силой растаскивают по углам.

Входит Гюнтер, директор пансионата – молодой мужчина с властным взглядом. Он говорит по-русски с сильным акцентом.

– Что здесь происходит?

Женщины одновременно пытаются рассказать – каждая свою версию, в результате ни одного слова понять невозможно.

– Сейчас же идите в свои комнаты, – командует Гюнтер учительским тоном, – и чтобы больше никаких споров! Ясно? Завтра утром встретимся в моем кабинете.

Залима берет за руку дочку. Женщины, раскрасневшиеся, злые и смущенные, с опущенными головами идут к двери. На пороге Залима разворачивается резким движением, возвращается к столу, хватает фарфоровый чайник, прижимает его к груди. Берет за руку ребенка, покидает помещение с видом победительницы

Гюнтер ходит между столов, с которых уже убрана посуда. Кто-то играет в домино, кто-то в карты, кто-то сидит на диване с книжкой.

– Ну, как дела? – произносит Гюнтер бодрым голосом.

– Ничего, – вразнобой отвечает несколько голосов.

– А у тебя? – обращается он к одному из мужчин.

– Все в порядке, – отвечает тот, он польщен вниманием.

Гюнтер подходит к нашим ребятам:

– А у вас как дела?

– Ну, какие у нас дела? – говорит Иван. – Нет у нас никаких дел. Может, подкинешь парочку?

– Ты в этом месяце уже работал на складе?

– Пока нет. Никто из нас не работал.

– Ладно, я посмотрю.

Гюнтер подсаживается к другой группе.

Ахмед обращается к Дмитрию:

– На складе двадцатку за день заработать можно.

– Ну, здорово! Это стольник в неделю, четыреста…

– Ишь, чего захотел! Если получишь один день в месяц, скажи спасибо. Это, чтобы никому не обидно было.

– А сколько платят?

– Я же сказал, пятерку в час.

Парни продолжают играть в подкидного.

Входят Ануш и Шагане. Садятся на диван.

– Моя дочка с сестрой в Краснодаре осталась. Я дочку два года не видела, она, наверное, выросла, я ее не узнаю.

Слезы катятся по лицу Ануш, она вытирает их бумажной салфеткой.

– А сама ты из Краснодара? – спрашивает Шагане.

– Нет, я из Армении. А замужем была за азербайджанцем. Тогда кто на это смотрел? Все национальности были равны. Так что дочка моя наполовину армянка. Муж у меня хороший был, добрый. А потом, сама знаешь, война. Жили мы в Нагорном Карабахе. Да кто ж знал, что такое возможно? Мужа моего наши армяне растерзали у меня на глазах. Они бы и нас с дочкой растерзали, но нам удалось бежать в Баку. К родственникам мужа. А там соседи в меня камни бросали. Цветочные горшки из окон роняли мне голову. Дочку в школе били, обругивали армянским отродьем. Не хочу повторять, что они говорили. Грозили убить. Ну, в общем, собрались мы, и уехали ко мне на родину. В Армению. Нам с сестрой от мамы домик достался. Привела я дочку в школу, а учительница подводит нас к мемориальной доске, на которой фотографии бывших учеников вывешены, и говорит: «Вот, смотри, все они погибли от рук азербайджанских зверей. А ты посмела к нам сюда своего азербайджанского ублюдка привезти!». И смотрит на меня так, словно это мы с дочкой их убили. А что было делать? Податься было больше некуда. Дочка и здесь каждый день с синяками из школы приходила. А потом, однажды ночью…

Ануш прерывает рассказ, с трудом сдерживая слезы.

– Что было ночью?

– Дочка как раз встала с постели. Она никогда не вставала по ночам, а тут, как чувствовала… Именно в этот момент в окно влетел камень и упал прямо на подушку. На то место, где минуту назад лежала ее головка. Было лето, окна были открыты. Спали мы с дочкой в одной кровати. Я вскочила, ползком кинулась к двери. Сестра в другой комнате тоже проснулась. А в окна уже летели камни и с улицы доносились ругательства: «Убирайся отсюда, азербайджанская шлюха, ты нам здесь не нужна!». Ну, и всякое такое. Мы кое-как оделись, улучили момент и выбежали из дому. Добежали до большака и на первой же попутке поехали, куда глаза глядят. Не знаю, как мы в Краснодар попали. Сестра устроилась официанткой, а мне сказала, езжай заграницу, потом нас к себе заберешь.

Ануш горестно замолкает, а через минуту словно подводит черту:

– Я два года дочку не видела! Без нее я совсем больная. Ужасно по ней тоскую. Минуты не проходит, чтобы я о ней не думала. Моя жизнь кончилась. Я умру от тоски…

– А у меня детей нет, – говорит Шагане так, словно она завидует подруге.

– Но ведь ты замужем?

– И да, и нет.

– Как это?

– Мы с мужем очень любили друг друга, но я не могу иметь детей. Когда свекровь об этом узнала, стала требовать, чтобы он со мною развелся. Муж не захотел, он говорил, никогда меня не бросит. А тут началась эта война в Нагорном Карабахе. Тогда свекровь взяла и растрезвонила по селу, что я наполовину азербайджанка. Не знаю, как она об этом узнала, ведь я сама тогда еще ничего не знала, то есть, не знала, что мои родители меня, оказывается, удочерили. Я думала, они мои настоящие родители, и выросла я, как армянка. А тут, ты можешь себе представить, что началось! Обзывали меня на каждом шагу. Однажды на нас с мужем напали трое, когда мы возвращались из кино. Напали, собственно, на меня, мужа они трогать не хотели, а меня стали толкать, обзывали разными словами. Муж, конечно, заступился, тогда и ему досталось. Трое на одного! Не знаю, чем бы дело кончилось, если бы не собака. Огромный такой соседский пес начал лаять и кинулся передними лапами на калитку, а калитка оказалась незапертой. Мы с мужем прижались к забору, а те трое побежали, ну, собака за ними. На второй день муж сказал, все, уезжаем! Свекровь в крик. Он не стал ее слушать. Какими только словами она меня не обзывала! Но мы все равно уехали. Целый год скитались – по знакомым, по родственникам. Потом он поехал в Таганрог, в надежде найти работу, а я осталась у двоюродного брата в Ростове. Мы договорились, что я приеду позже, когда он устроится. От него долго не было вестей, я не выдержала и поехала его искать. А он в это время ехал ко мне. В общем, мы разминулись, потеряли друг друга. Но я знаю, что он любит меня. Я это чувствую.

Долго молчит и добавляет горестно:

– Он, наверное, вернулся к матери…

Женщины утирают слезы.

Камера скользит по помещению.

Входит Яна, небольшого росточка, круглолицая, миловидная молдаванка. Она оглядывает помещение, взгляд ее останавливается на плачущих женщинах. Подходит к ним, садится рядом.

– Не переживайте. Все образуется. Я тоже по дому сильно тоскую.

Иван украдкой поглядывает на Яну. Кажется, он даже покраснел. Ахмед шутливо толканет его локтем в бок.

– Что, твоя пришла?

– Отцепись! – беззлобно огрызается Иван.

– Чё, отцепись! – говорит Дмитрий. – У вас даже имена похожие – Иван, да Яна. Прям, как в сказке. Иди, поговори с нею!

– Ладно, я сам знаю, что мне делать!

Яна встает с дивана, подходит к чайному столику, наливает из термоса чаю, достает из кармана конфету и садится за свободный столик.

К этому времени столовая уже почти опустела.

Наши ребята тоже собираются уходить.

– А я останусь, – говорит Иван.

Дмитрий и Ахмед подмигивают ему и идут к двери.

Иван тоже наливает себе чаю, подходит к Яне.

– Можно?

– Да! Жаль, конфета у меня была всего одна. Я ее уже съела...

– Ничего, я сам тебе конфет куплю.

– Не надо. У меня деньги есть. А тебе удается подрабатывать?

– Да. А у тебя откуда деньги? Родственники прислали?

– Нет. Одному тебе скажу честно, только ты другим не рассказывай, я сюда затем и приехала, чтобы денег подработать.

– Как это?

– Одна соседка научила. Она уже несколько лет сюда вот так приезжает, сдается на азюль, а сама уборкой подрабатывает, а деньги отвозит домой. Представляешь, здесь это деньги небольшие, а у нас она на них дом отгрохала. Цены-то у нас другие, сам знаешь. Я тоже так хочу.

– А как же она ездит туда–сюда?

– Лазейки всегда найдутся, надо людей нужных знать. Она и меня научила на азюль сдаться. Шансов на позитив у меня, конечно, нет, бедность не считается причиной для убежища, сам знаешь. Зато австрийские чиновники так медленно работают, что люди по десять лет азюля ждут. Таким, как я это только на руку. Я квартиры убираю. Только смотри, я тебе одному доверяю. Ты никому не скажешь?

– А кому мне говорить?

По выражению лиц и по жестам видно, что эти двое нравятся друг другу. Им хотелось бы сказать друг другу что–то совсем другое, но они не решаются.

– Пойдем, погуляем? – говорит Иван. – Погода хорошая!

– Нет, сейчас не могу. Мне на работу. А завтра после обеда я свободна.

– Тогда до завтра! – радостно восклицает Иван

Яна смущенно опускает взгляд.

Картина меняется.

Иван входит в комнату. Ахмед лежит на кровати, читает письмо.

– От кого письмо? – спрашивает Иван.

– От моей девушки.

– А как она тебя нашла?

– Я ей сам написал. На всякий случай подписался другим именем, но она сразу поняла, что это я. Короче, Гюнтер разрешил воспользоваться его домашним адресом, так что никто ничего не узнает…

– А родственники твои знают, где ты?

– Только мать знает, что я жив. Я звонил ей из автомата. А то она умерла бы от тревоги.

– А я моей даже позвонить не могу, у нас телефона нет.

При упоминании о матери, лицо Ивана мрачнеет. Он похож на обиженного ребенка, который сейчас заплачет.

– Аха, – наконец выдавливает из себя, – что дальше делать-то будем? Даже если дадут позитив. Как ты с твоей девушкой снова встретишься? И я мамку больше не увижу.

– Ничего, что-нибудь придумаем. Мила ждет меня, это главное. А ты мамке твоей дай знать, что ты жив. Может, в сельсовет позвонишь?

– Это идея! Надо попробовать!

Иван вздыхает горестно, потом продолжает:

– Эх, когда еще этот суд будет?! Чиновники так медленно работают, а ты сиди тут, жди у моря погоды…

Замолкает, думает о чем-то своем, и добавляет:

– А впрочем, для кого-то это даже хорошо…

– Ах да, – говорит Ахмед, – чуть не забыл, завтра на стройке работа есть. Я договорился.

– Да! И целый день дрожи, а вдруг поймают.

– Ну и поймают! А чего нам бояться? С нас взять все равно нечего, так что пусть у хозяина голова болит.

– А на трамвай у нас деньги есть?

– Нету. Пойдем пешком. Между прочим, контролеры здесь ходят не так уж часто, я подсчитал, что платить штрафы выгоднее, чем каждый раз покупать билет.

Стук в дверь. Входит Дмитрий с рюкзаком.

– Вот, – произносит радостно, – Гюнтер разрешил переселиться к вам!

– Класс!

– Здорово!

Дмитрий занимает третью кровать.

– А что, эти койки давно пустуют?

– Нет, неделю всего. Но свято место пусто не бывает!

– Кто у вас тут жил?

– Алжирцы, – говорит Иван. – К нему друзья приходили. Неплохие парни, только разговаривать с ними на каком языке? Чешут только по-французски, и еще на какой-то тарабарщине. К тому ж, непьющие. Ну, мы тоже непьющие, но эти совсем непьющие. Им религия запрещает. Меня они не трогали, а к Ахмеду привязывались, он ведь с ними одной веры. Я им объясняю на пальцах, что мы не часто пьем, а так, иногда, когда уж совсем тоскливо делается, но им это по барабану. Меня они вообще не слушали, им Аха нужен был. В общем, Гюнтер переселил их на другой этаж.

– Понимаю, – Дмитрий вынимает из рюкзака бутылку дешевого вина, ставит на стол.

– Давай на вечер оставим, сейчас не хочется, – говорит Ахмед.

Иван смотрит на часы:

– Мне тоже надо идти.

Дмитрий разочарованно убирает бутылку обратно в рюкзак:

– Ну, как хотите! Я ведь тоже не пью. Разве что так, иногда. Просто хотелось новоселье отметить…

Картина меняется. Парк. Теплый, весенний день. На скамейке Иван и Яна.

– Спасибо, что пришла, – говорит Иван.

– Я рада, что ты спросил меня.

– Ты мне давно нравишься.

– Ты мне тоже.

Иван опускает голову.

– Я этого не ожидал. Я ж некрасивый. Я это знаю.

– Много ты знаешь про красоту! Я читала про знаменитых кинозвезд, так их никто по-настоящему не любил, а главное, они сами никого не любят… Если бы любили, не делали бы всякие там пластические операции.

– А ты любишь себя?

– Я собой довольна. Ну и что ж, что не красавица, но я хорошенькая.

– Еще какая хорошенькая! – говорит Иван восхищенно, – я уже давно хотел тебе сказать, но раз ты сама знаешь, то я промолчу...

Яна смеется:

– Хорошенькая я, потому что у меня настроение всегда хорошее. Когда настроение у человека хорошее, он всем симпатичен. Разве не так? Я вообще-то редко расстраиваюсь. То есть, расстраиваюсь, конечно, но не так, чтобы себя не помнить. Боженька меня никогда не оставит. Я верю. Когда у человека настроение хорошее, он даже Боженьке нравится. Ты тоже часто улыбаешься, даже, когда радоваться вроде нечему, все равно улыбаешься. У тебя радость внутри. Как и у меня. За это ты мне и нравишься!

– А ты вообще-то знаешь, что означает имя Иван?

– Нет, не знаю.

– Это значит, подарок Бога или Божий дар. Так что нам с тобой грех не радоваться. Яна и Иван, это ведь одно имя, только женское и мужское.

– А ты что, и в церковь ходишь?

– Мамка меня раньше с собой брала, когда я маленький был. А потом я стеснялся с нею ходить. Здесь иногда захожу в католические. Не молюсь, просто сижу. Мне нравится смотреть на иконы. Сразу так спокойно на душе делается.

– В Вене есть православная церковь. И еще украинская, но она теперь вроде как и не православная, хотя служат, как у нас. Скоро пасха, на пасху я обязательно в церковь пойду. Пойдем вместе?!

– Я не против!

– Пасхальные базары в Вене очень красивые. У нас таких не бывает. Здесь вообще весело.

– А что веселого, если купить все равно ничего не можешь?

– Мне смотреть нравится. Деньги у меня есть, но я их берегу. Для дома. Я родителям помогаю, они у меня на пенсии, а ты сам знаешь, какие у нас пенсии, на хлеб не хватает.

Картина меняется.

Иван и Яна идут вдоль киосков пасхального базара, в которых продаются расписные яйца, всевозможные поделки и украшения, забавные шляпы, сыры, фруктовые наливки.

Иван обнимает Яну за талию, хочет поцеловать в щеку, но она отворачивается. Потом сама пытается поцеловать Ивана, но теперь Иван отстраняется. Они играют, как молодые щенки, и при этом громко смеются. Прохожие, оборачиваются на них – кто с улыбкой, кто с осуждением.

Иван подходит к киоску, покупает расписное яйцо на голубой ленточке. Продавщица кладет его в пакетик. Иван протягивает пакетик Яне:

– Вот, это тебе!

– Ну, зачем ты? У тебя и так денег нет, – говорит Яна смущенно.

– Ничего. Когда-нибудь я тебе настоящие подарки покупать буду. И не только на праздники.

Яна с благодарностью смотрит на Ивана. Прижимается головой к его плечу.

– У нас дома яйца не расписывают, а просто так красят. Но на пасху у нас все равно здорово, – говорит Иван, – все гуляют, христосуются. Даже при советской власти… Мамка куличи пекла…

– Пасха – мой любимый праздник. На пасху и погода всегда отличная. Мы с мамой тоже куличи пекли… На пасху у нас тоже все христосуются. И яйцами бьются. У кого яйцо самое крепкое, тот забирает себе разбитое…

– И не жалко такие красивые разбивать?

– А чего их жалеть! На будущий год новых распишем. Куличи мы ведь тоже съедаем.

Камера отъезжает. Иван и Яна продолжают прогулку по парку, разговаривают, смеются… Потом останавливаются лицом друг к другу и целуются долгим поцелуем.

Картина меняется.

Лето. Парк. Деревья колышутся под легким ветерком. По дорожкам разгуливают голуби. Ахмед, Баха, Кадыр, Иван, Яна и Дмитрий сидят на траве. Закусывают, пьют колу и пиво.

– Ну вот, есть у нас и выпить, и закусить, что еще нужно человеку для полного счастья? – улыбается Иван.

– Такому, как ты ничего не нужно, – говорит Кадыр обычным своим злым тоном.

– Перестань, Кадыр! – говорит Ахмед. – Вечно ты злой. Мне сегодня тоже хорошо. Наконец–то тепло. Прям, как дома.

Кадыр еще больше мрачнеет:

– Дома… Нет у нас больше дома.

Все на минуту замолкают.

Яна вынимает из сумочки салфетки и раздает каждому по одной.

– Вот, так будет лучше.

Дмитрий засовывает край салфетки за воротник. Все смеются.

Баха придвигается поближе к Яне:

– А ты, я вижу, хозяйственная!

– Так меня мама учила, – произносит Яна почти по-детски.

– Хорошей женой будешь!

– Мне еще рано об этом думать.

– Ничего не рано. Восемнадцать тебе уже есть? А о чем ты думаешь?

– Я учиться должна. У меня профессии пока нет.

– А зачем тебе профессия? Муж тебя прокормит.

– Нет, так не годится. У жены должны быть свои деньги.

– Ну, ты совсем, как австрийка!

– А чем тебе австрийки не нравятся?

– А тем и не нравятся! Они на наших женщин плохо влияют.

– На чеченок что ли?

Баха молчит, а Яна продолжает:

– Я у них как раз многому учусь.

– Чему, например?

– Многому. В двух словах не расскажешь. Я вообще у всех учусь. Всему, что мне может в жизни пригодиться.

Иван подвигается ближе к Яне, желая тем самым показать, что это его девушка. Они я Яной обмениваются понимающими взглядами.

– А ты не хочешь домой вернуться? – спрашивает Баха Кадыра.

– Мне нельзя возвращаться. А тебе?

– Мне тоже нельзя. Я в розыске.

– Все мы в розыске.

– Нет, не все. Вот она, например, – кивает на Яну – не в розыске. Я знаю, чем она тут занимается.

Яна бледнеет и опускает голову.

– Мне эта Австрия вот уже где! – Кадыр проводит ребром руки по шее. – Жить надо там, где все говорят на твоем языке. А я этот проклятый немецкий никогда не выучу.

– Жить можно везде, – поправляет его Баха. – Главное, чтобы семья была. К семейным даже здесь отношение другое. Особенно к многодетным. Вот я и думаю, жениться мне надо.

– А ты разве не женат?

– Нет. Но у меня есть сын.

– Где, в Чечне?

– Нет, он тоже в Австрии. Мы с ним растерялись. Я не знаю, где он.

– Блин, так наведи справки! – говорит Иван.

– Это не так просто. Они мне не говорят.

– Как, не говорят, такого быть не может.

– Может! Это у них называется, как это, ну, закон о защите данных. Сыну уже восемнадцать, он совершеннолетний, так что они сначала у него должны спросить.

– Ну, и в чем дело?

– Вот, они как раз сейчас наводят справки, – отвечает Баха уклончиво, видно, что он чего-то не договаривает.

– А где ты жил раньше? – спрашивает Кадыр.

– Где только ни жил! И в Казахстане, и в Сибири, и в Краснодаре. Жена у меня была краснодарская.

– Русская что ли? А что с женой?

– Не знаю, – коротко отвечает Баха и отворачивается.

– Тоже растерялись, значит? – продолжает Кадыр.

– Сказал, не знаю! – раздраженно обрывает его Баха.

Камера скользит по лицам.

– Мне социалка сказала, по моему делу решение скоро будет, – говорит Дмитрий.

– Позитив? – спрашивает Ахмед.

– Как же, держи карман! Позитивы только чеченцам дают.

– Не всем, – произносит обиженно Ахмед.

– Я не в обиду. Война есть война. Но ведь под эту дудочку и уголовники слезливые истории выдумывают. В Белоруссии война тайная, но им на нас наплевать!

– Австрийцам на всех наплевать. Годами живем, короче, без работы... Если бы разрешение на работу давали! Уже решали бы побыстрее, туда или сюда.

– А туда, это куда? Ты можешь вернуться?

– Вернуться не могу, – говорит Ахмед, – но что–то придумал бы.

– Смотаемся сегодня в диско! – говорит Иван.

– Можно, – живо откликается Ахмед, – У меня немного деньжат есть.

– Диско, это для молодых, – говорит Баха.

– Кто хочет еще пива? Или колы? Я сбегаю в «Биллу», – предлагает Иван.

– Возьми мне банку пива, – просит Дмитрий. – Деньги сейчас или потом?

– Потом!

Иван встает и уходит.

Оставшиеся как бы разбиваются на две группы. Парни беседуют о чем–то друг с другом.

Камера разворачивается к Бахе, он возвращается к прерванному разговору с Яной.

– Знаешь, ты мне давно нравишься.

– Не надо так говорить, – смущенно отворачивается Яна, – вы же знаете, у меня парень есть.

– Иван что ли, – смеется Баха. – Неужели ты его любишь?

– Нам не обязательно об этом говорить, – обрывает его Яна неожиданно твердым голосом.

– Просто я хотел сказать, что я лучше. Ведь я старше, и я смогу о тебе позаботиться.

– Да, вы старше. А это значит, что у вас уже есть жена.

– Нет, жены у меня нет.

– Значит, вы были женаты.

– Да был женат, – говорит Баха твердо, – но не все женщины заслуживают быть женами.

– А что, она не умела готовить? – пытается Яна превратить разговор в шутку:

– Хуже!

– Что может быть хуже? – смеется Яна, но видно, что ей не до смеха, этот разговор ее тяготит.

– Она изменила мне.

Яна опускает голову.

– Ну… и что? Зачем вы мне это говорите?

Баха смотрит на Яну так, что ей становится не по себе. Вдруг ее осеняет страшная мысль, она прикрывает рукой рот и шепчет:

– Вы ее убили...

Очевидно, Яна попала в точку. Баха на минуту отворачивается, ему тоже не по себе, но быстро берет себя в руки и произносит резко:

– Не говори ерунды, глупая девчонка!

– Простите, я часто говорю глупости, – произносит Яна, прикрыв глаза.

Видно, что ей страшно, она хочет прекратить разговор, но Баха продолжает уже другим тоном:

– Я сына ищу.

– А где он? – спрашивает Яна лишь из вежливости.

– Думаю, все еще в Австрии. Ему восемнадцать.

– Как и мне.

Возвращается Иван с банками колы и пива. Себе оставляет колу, остальные банки раздает. Яна тотчас отодвигается от Бахи, освобождая место, Иван садится между ними.

– А может, пива? – спрашивает Ахмед Ивана.

– Не, на сегодня мне пива хватит!

Камера скользит по деревьям.

Все встают и расходятся. Иван и Яна остаются одни.

Иван ложится на траву, кладет голову Яне на колени.

– Какая у меня чудесная подушка!

– Это мои ноги, а не подушка, – говорит Яна смущенно.

– Так и лежал бы до конца света. Бывают дни, блин, когда жизнь кажется прекрасной, несмотря ни на что.

– У меня сегодня тоже такой день, – отвечает Яна, и добавляет, – был…

Иван не обращает внимания на это «был».

– В такие дни ни о чем думать неохота, – говорит он расслабленно.

– А думать надо. Я в Вене не навечно. Ты уже думал, что будешь делать, если не получишь азюль?

– Не знаю. Придется вернуться. Я по мамке соскучился.

– Но ведь ты мамку не увидишь. Если воротишься, тебя сразу упекут.

– Упекут. Как пить дать, упекут!

Долго молчат.

Яна гладит Ивана по щеке, потом говорит:

– Я знаю, что мы можем сделать.

Иван открывает глаза и поворачивается к Яне лицом:

– Ну и что за идея пришла в твою умную головку?

– Не шути, я серьезно.

– Ну, ладно, говори.

– Но я не знаю, как ты к этому отнесешься, – говорит Яна смущенно.

– Я ко всему, что ты скажешь, хорошо отнесусь.

– Молдавия теперь не Россия.

– Факт. Ну и что?

– Ты можешь ко мне переехать жить.

– Что значит, переехать… – говорит Иван. – Молдавия беженцев не принимает. Да и с Россией у нее договор.

– Приедешь как мой муж. Возьмешь мою фамилию, никто и не узнает.

Иван от неожиданности поднимается с травы и садится рядом с Яной.

– Ты это что, серьезно?

– Конечно, серьезно!

– Значит, ты так сильно меня любишь?

– Люблю. Мне кроме тебя никто не нужен. Только пообещай, что никогда пить не будешь.

– А разве я пью? Это же иногда только, банку пива.

– Банку пива можно, но не больше. У меня отец пьющий

был. Он умер от водки. А отчим непьющий. Они с мамой хорошо живут. Только они очень бедные.

– Мы тоже хорошо жить будем. Ты же знаешь, я работящий. Разгильдяй я совсем немножко, а так я работящий.

– Это у тебя возрастное, – произносит Яна серьезно. – После двадцати остепенишься.

– Ты в этом уверена?

– Если любишь меня, обязательно остепенишься. А то какой же пример ты будешь подавать нашим детям?

– Ух ты! Так ты уже и детей запланировала?

– Да. Обо всем нужно думать заранее.

Иван чешет затылок:

– Блин, значит, ты сделала мне предложение?

Яна молчит.

– А если меня все же оставят в Австрии?

– Тогда тебе придется выбирать – я или Австрия.

– Я выбираю тебя! – горячо восклицает Иван.

Они целуются.

Картина меняется.

Иван и Ахмед, перепачканные известкой, идут узким переулком.

– Говорил, надо было переодеться, в таком виде нас могут сцапать, – говорит Иван. – Станут документы проверять, допытываться, где это мы сегодня работали.

– Документы у нас в порядке, – отвечает Ахмед.

– Но они сразу поймут, что мы работали.

– Ну и что? Поймут, но не докажут. Не пойман – не вор! Так ведь?

– Так-то оно так, но продержат в каталажке до вечера.

– Ладно, давай там, где поменьше народу.

Шагают молча.

– Опять осень, – наконец произносит Иван. – Сколько времени прошло, как нас из депорта выпустили! Но мы, конечно, не одни такие…

– Что мне до других? Я хочу нормально жить. Учиться

хочу. Жениться хочу.

– На Миле? Или ты уже другую нашел? – удивленно спрашивает Иван.

– Мила ко мне приедет. Придумаю что-нибудь. Только надо на ноги встать. Не тебе ж одному жениться! – произносит Ахмед с завистливой ноткой в голосе.

– А я что, сказал, что женюсь?

– Знаешь, у нас, у чеченцев, если ты не женат, то ты вроде как и не мужик еще, а так, мальчик.

– У нас тоже. У женатого человека веса больше.

– А ты, что не хочешь жениться на Яне?

– Хочу, еще как хочу! Только вот…

– Что?

– Понимаешь, жена должна идти жить к мужу, а не наоборот. Ты не смотри, у меня моя гордость есть!

– Разве у русских, это не все равно? – смеется Ахмед.

– У городских, может, и все равно, а мы деревенские, – произносит Иван с достоинством.

– Да брось ты! – говорит Ахмед, и добавляет с легкой иронией, – но молдавский ты уже на всякий случай учишь?

– Нет, не по-настоящему. Всего несколько слов выучил, чтобы ей приятно было. У меня способности к языкам нет, не то, что у тебя.

– У меня тоже нет. Просто я упорный. Если что задумал, буду долбить, так что, посмотрим, кто кого.

– Знаешь, Аха, у меня отчего-то на душе неспокойно. Впервые так неспокойно. Даже на войне я вроде спокойнее был. А сейчас словно боюсь чего. Или это нормально, когда человек нашел, наконец, свое счастье? Когда терять нечего, то и бояться нечего…

– Не накручивай! Страхи, это для старых баб. Смотри проще – у тебя запасной вариант появился. Если позитив не дадут…

– Позитив мне так и так не дадут. Где ты видел, чтобы русским позитивы давали? Мы для них – агрессоры. Вот разве что, если бы я бы несколько миллионов украл… Тогда я у них в героях ходил бы! Принципиально. Но это неважно. Знаешь, я о другом…

- О чем ты?

– Не могу я из любимого человека делать какой–то там запасной вариант... Вот вы все – Иванушка-дурачок, Иванушка-дурачок! А я ведь тоже гордый…

Иван и Ахмед скрываются за дверью общежития.

Картина меняется.

Комната в общежитии. Иван, Ахмед и Дмитрий сидят за столом. На столе – две банки пива, бутылка водки и какая-то еда.

– Ну, еще по рюмочке! – говорит Дмитрий.

– Не, я только пиво, – говорит Иван, – тем более, что я слово дал.

– То-то я сморю, ты пить совсем перестал.

– А разве я когда пил?

– Ну, все же! Раньше с тобой веселее было.

– Мне и так весело.

– Ну, не хочет человек пить! – встревает Ахмед, – отстань от него…

– Ладно, – говорит Дмитрий обиженно, – мне больше останется.

Закрывает бутылку и собирается спрятать в шкаф. В этот момент входит Баха. Он уже навеселе.

– А, выпиваете! Хорошо. Плесни-ка и мне, короче…

– Ща, плесну.

Дмитрий ставит бутылку обратно на стол.

Баха садится к столу, сам наливает в стакан водки, выпивает залпом. Иван встает из–за стола, берет гитару, начинает перебирать струны.

– А гитара у тебя откуда? – спрашивает Баха.

– У австрийцев работал, – отвечает за него Ахмед. – Ему инструментов уже целый оркестр надарили. Эти австрийцы, как услышат, что он играет, сразу хотят ему что-нибудь подарить.

– Тоже мне Кобзон!

– Оставь его. Что он тебе сделал? – Ахмед снова вступается за друга.

– Что сделал, что сделал! Все они... Чего ты с ним дружишь?

– Ладно, Баха! Война давно кончилась!

– Нет, не кончилась. И никогда не кончится!

Иван не обращает на них внимания. Продолжает перебирать струны. Потом поет уже знакомую нам песню Высоцкого, меняя в ней несколько слов:

> Мерцал закат, как блеск клинка.
> Свою добычу смерть считала.
> Бой будет завтра, а пока
> Взвод зарывался в облака
> И уходил по перевалу.
> Отставить разговоры
> Вперед и вверх, а там...
> Ведь это наши горы, Они помогут нам!
> А до войны вот этот склон
> *Чеченский парень* брал с тобою!
> Он падал вниз, но был спасен,
> А вот сейчас, быть может, он
> Свой автомат готовит к бою.

При слове «чеченский» все головы поворачиваются к Ивану.

> Взвод лезет вверх, а у реки
> Тот, с кем ходил ты раньше в паре.
> Мы ждем атаки до тоски,
> А вот *чеченские* стрелки
> Сегодня что-то не в ударе.
> Отставить разговоры
> Вперед и вверх, а там...
> Ведь это наши горы,
> Они помогут нам!

– Да, как же, ваши горы! – злобно цедит сквозь зубы Баха, выливая в стакан оставшу-   юся в бутылке водку,

– все кругом, блядь, ваше! – выпивает залпом и выходит, громко хлопнув дверью.

– Чего это он? – говорит Иван удивленно.

Ему никто не отвечает.

Свет медленно гаснет.

Картина меняется.

Столовая.

На столах термосы с кофе и тарелки с кусками пирога.

Шагане и Ануш сидят на диване с тарелками в руках.

– Пирог подсох уже немного, – говорит Ануш.

– Да. Подсох. Соскучилась я по домашней еде!

– В других пансионах еду не привозят, а просто каждому выдают деньги, покупай, что хочешь и готовь сам!

– Я уже просилась в такой пансион. Но их мало, а желающих много, ну и одиноким туда, конечно, не светит. Все самое лучшее здесь для семейных.

Замолкает, долго смотрит в окно, потом вздыхает:

– Интересно, что сейчас делает моя дочка? Моя Карина. Когда мы, наконец, увидимся? Эти австрийцы такие медлительные!

– Да, это у них в крови, – вторит ей Шагане.

– Имя у тебя красивее, – говорит Ануш.

– Да, а что толку…

– Какой толк должен быть в имени?

– Не знаю. Это я так… А что муж твой не нашелся?

– Сам он не найдется. Откуда ему знать, где я? Есть у меня одна подруга, я ей позвонила. Рассказала, где меня искать. Если он приедет к матери, она расскажет ему.

– А почему ты поехала в Австрию? Почему не стала искать мужа?

– Ах, это такая история…

– Ну, если не хочешь, не рассказывай!

– Нет, отчего же? Могу рассказать. Когда мы разминулись… Короче, мне было очень плохо. Я даже слегла от горя. А приютила меня одна знакомая. Ей, конечно, не очень хотелось, чтобы я у нее жила. Когда мне совсем плохо стало, она потащила меня к врачу, думала, меня в больницу положат, и так она от меня избавится. Она даже врачу заплатила. А у меня рак обнаружили...

У Ануш округляются глаза.

– Ты мне этого не рассказывала!

– Хотела рассказать, но как-то не получалось. Эта знакомая... Она такая боевая, но тут даже она приуныла. У меня ведь ни денег, ни прописки, ни угла, ни страховки! Уж не знаю, по доброте ли душевной или чтобы от меня избавиться... Короче, она надоумила меня срочно ехать заграницу. Людей, которые меня через Польшу переправили, тоже она нашла. А платить чем? Ну, пошла она в армянскую церковь, они там денег собрали... И вот видишь, я здесь..

– А как теперь? У тебя, правда, был рак?

– Да, был. Как только я приехала в Австрию... Короче, уже через неделю я лежала на операционном столе. Вовремя схватили. Теперь надо только регулярно проверяться.

Женщины вздыхают.

– Этот кофе пить невозможно, – говорит Ануш. – Вчера попалось на барахолке джазве. Настоящее. Такое, как у нас в Армении. Пойдем ко мне. Хоть настоящего кофе попьем!

Уходят.

Картина меняется.

Мы в комнате у ребят. Она прибрана. Дмитрий слушает музыку через наушники. Иван ковыряется в аккордеоне. Ахмед вполголоса читает фразы из учебника немецкого языка.

– Restaurant, Schnitzel, Gulasch... Короче, все, как по-русски.

Стук в дверь.

– Да! Войдите!

Снова стук.

– Войдите, – повторяет Иван, не отрываясь от дела.

Стук повторяется. Иван нехотя поднимается, открывает дверь. Кто-то тянет его за руку, он исчезает за дверью. Ахмед и Дмитрий переглядываются.

Через минуту Иван возвращается. Он бледен. Руки у него трясутся.

Дверь остается приоткрытой.

– Что случилось? – озабоченно спрашивает Ахмед.

Иван продолжает молчать.

– Да говори же, что произошло, – нетерпеливо произносит Дмитрий.

– Я не могу. Пусть она сама расскажет.

Иван выходит за дверь, за руку вводит в комнату девушку.

– Это ее подруга. Люда, расскажи ты!

– Яну ограбили, – говорит Людмила дрожащим голосом.

– Кто ограбил? Где? – вскрикивает Дмитрий.

– В нашей комнате. Она одна была дома.

– Значит, это был не чужой. Кто-то из знакомых, – констатирует Ахмед.

– Да!

– Кто это был?

– Яна запретила мне говорить. Хоть режьте, не скажу. Он пригрозил, что убьет ее, если она проболтается.

– Но нам-то ты сказать можешь! – уговаривает ее Дмитрий.

– Как раз вам и не могу. Но это не все.

– А что еще?

– Он избил ее. У нее перелом ключицы и сотрясение мозга. Но и это еще не все.

– А что, что еще? – кричит Дмитрий.

– Ну, вы знаете сами.

– Что, что, говори!

– Ну… Что может мужчина сделать с девушкой, – Людмила уже плачет. – А она нетронутая была. Девушка. Она блюла себя, не то, что другие. Говорила, замуж целой выйдет, чтобы муж уважал.

Иван, подходит к ней вплотную:

– Скажи, кто это был, я убью его!

– Нет. Вот потому и не скажу.

С этими словами Людмила выбегает из комнаты.

Воцаряется тишина.

Раздается щелчок. Это Дмитрий открыл банку с пивом. Протягивает ее Ивану.

– Иван, выпей, тебе надо успокоиться.

Иван с силой отталкивает его руку. Банка летит на пол. Иван кидается лицом на кровать. Из его груди вырываются звериные рыки.

Картина меняется.

Парк. Поздняя осень. Сумрачная погода. Срывается снежок. На скамье, зябко подняв плечи, сидят Иван и Людмила.

– Да не убивайся ты так! – говорит Людмила.

Иван только горестно вздыхает.

– Ты сильно ее любил?

– Что значит, любил? Я люблю ее! Я всегда буду ее любить. Таких девчонок, как она, сама знаешь, нет больше…

– Да, таких мало.

– Почему она не захотела меня видеть? Ведь я все понимаю. Я никогда бы ее не упрекнул, ведь это не ее вина.

– Она сама себе этого простить не может. Понимаешь, он разрушил ее. Всю ее. Не только ее тело. Ее планы на жизнь, саму жизнь он разрушил… Деньги, конечно, жалко, но деньги дело наживное. Он убил ее душу. Понимаешь? Новую душу не заработаешь и не купишь.

– Нет, не убил. Может быть, только ранил…

– Очень уж больно ранил. Понимаешь, она хотела, чтобы ее уважали. Это было ее главное желание в жизни. Натерпелись они с матерью от вечно пьяного отца. К семье алкаша, сам знаешь, какое уважение. Их жалели, но не уважали. Поэтому и работала, как вол, хотела, чтобы ее семья ни в чем не нуждалась. Знаешь, как мы все наголодались, когда страна развалилась? Кто сам не голодал, никогда не узнает, какое это унижение…

Людмила произносит все это со слезами в голосе.

– Я никогда не перестану ее уважать.

– Знаю, Ваня, ты хороший. И она это знает. Она сама мне сказала. Но она решила, что так лучше. Сюда она никогда больше не вернется. Сначала она даже хотела руки на себя наложить, так ей было стыдно. Я ночевала у нее в больнице, боялась отойти, одну оставить. А потом она даже в общежитие не зашла, прямо из больницы на вокзал. Я ей туда вещи принесла.

– А у тебя хоть адрес есть?

– Нет, так и не удосужилась записать, – говорит Людмила, отводя взгляд, видно, что она солгала.

– Я все равно ее найду.

– Когда-нибудь все образуется. Нужно время.

– Так ты не скажешь, наконец, кто это сделал?

– Прости, Ваня, не скажу. Янке я на кресте поклялась. Она за тебя боится. Отомстишь, и свою жизнь загубишь.

– Она уже загублена, куда больше… Но я все равно узнаю… Кажется, я догадываюсь, кто…

Людмила молчит.

Картина меняется.

Иван, небритый, понурый, один в комнате. В руке стакан, на столе бутылка водки.

Входит Дмитрий.

– С каких пор ты водку хлещешь? Среди бела дня!

– А вот с тех пор!

– Да, будет тебе убиваться! Слава Богу, что она жива осталась. Пройдет время, все образуется, раны заживут.

– У кого заживут, а у кого и нет.

– Ты узнал, кто это сделал?

– Догадываюсь. Но мне нужно точно знать. Прирежу, как бешеную собаку. На войне не убивал, а теперь убью!

– Это гнев в тебе говорит.

– А в тебе не говорил бы?

– Не знаю. Бог накажет, кого надо…

– Что это вы все какими богомольцами заделались! Хорошо рассуждать, когда не тебя касается!

– Я не хочу тебя учить. Только подумай, ты ведь себя погубишь.

– Не погублю. Никто не узнает.

– Все равно. Душу погубишь. Сейчас ты в гневе, а когда гнев пройдет…

Дверь с шумом открывается. На пороге появляется Ахмед, он быстро закрывает за собою дверь на ключ и начинает переодеваться.

Иван, вроде как протрезвев, поднимается с места. Берет свитер Ахмеда. На нем пятна крови.

– Ты что, поранился?

Ахмед молчит. Переодевшись в тренировочный костюм, хватает полотенце и выходит за дверь.

– Пошел мыться…, – произносит Иван растеряно.

Страшная догадка написана у него на лице. Они с Дмитрием молча смотрят друг на друга. Видно, что оба думают об одном и том же.

Дмитрий, не теряя присутствия духа, достает из шкафа целлофановый пакет, на мгновение застывает на месте, держа пакет в вытянутой руке. Иван берет у него пакет и начинает засовывать в него одежду Ахмеда. Когда Ахмед с мокрыми волосами возвращается из душевой, пакет уже стоит у двери.

Ахмед снова закрывает дверь на ключ. Иван и Дмитрий смотрят на него в ожидании, но он их вроде как не видит. Ложится на кровать. Смотрит в потолок. Потом начинает говорить тихим монотонным голосом, без всякого выражения:

– Вань, я знаю, ты тоже догадывался, кто это сделал. И я, короче, догадывался, но не хотел тебе говорить. Это был, короче, Баха. Я не хотел его убивать, я просто спросил, мне нужно было знать. Короче, мне не хотелось, чтобы ты его убил, я только хотел предупредить, чтобы он уехал куда-нибудь. Не из-за него. Из-за тебя. Я даже думал, чтобы нам с тобою переехать в другой город, в Зальцбург там, или в Инсбрук. Ведь так легче было бы перестать думать. Короче, я просто его спросил. А он покатил на меня. Короче, он все сказал. В подробностях, с всякими такими матерными словами, ну и всякое такое. Тут я и двинул его в челюсть. Изо всей силы двинул. Он отлетел, упал, стукнулся затылком об дерево. Когда он поднялся, в руках у него был нож. Ну, он пошел на меня – с ножом. Мы, короче, схватились. В парке ни души, погода вон какая, туман, дождь, так что разнять нас было некому. Не знаю, как это получилось. Короче, я пришел в себя только когда увидел кровь. Баха уже не шевелился, и глаза у него были стеклянные. Короче, если бы не я его, то он бы меня...

Воцаряется молчание. Потом Ахмед продолжает:

– На войне я тоже убивал. Думаю, что убивал, ведь я стрелял не в воздух. Но я никогда не видел, как умирает тот, кого я убил...

Иван садится на кровать рядом с Ахмедом:

– Ты не должен был этого делать. Это было мое дело. Тебя это не касалось.

– Знаю. Но ведь я только спросить хотел. Мне нужно было это знать. Мы же с тобой друзья. Не хотел я его, короче, убивать. Я хотел только, чтобы он признался. И я не хотел, чтобы ты его убил.

Дмитрий поднимается, надевает куртку, берет в руки пакет. Останавливается в дверях, спрашивает:

– А нож где?

– Нет ножа. Когда я уже пошел, по дороге заметил, что нож у меня в руках. Он был в крови. Я его в канал бросил.

– Где именно?

– Думаешь, я помню?

Дмитрий берет пакет и собирается уходить. Ахмед останавливает его вопросом:

– Что ты собираешься делать? Идешь заявлять?

– Нет. Я вам не судья. И вообще, я ничего не слышал. Я ничего не знаю. Меня здесь не было. Понял?

– Ты куда?

– На Дунай. Погуляю немного.
Уходит с пакетом в руках.

Картина меняется.

Столовая в общежитии для беженцев.
Несколько человек сидят за столиками. Кто-то играет в карты, кто-то пьет чай и беседует. Камера скользит по лицам. Останавливается на знакомых нам женщинах. Чеченки Залима и Лия пьют чай и мирно беседуют. Дочка Залимы сидит рядом, у нее грустное личико, она с опаской поглядывает по сторонам.

- У меня вчера был суд, – говорит Залима радостно. – Мне дают визу.

- Поздравляю, я рада за тебя.

- А голос что-то не радостный, – придирчиво произносит Залима.

- С чего ты взяла? Конечно, я рада за тебя. Просто я о себе думаю.

- У тебя тоже все будет хорошо. Я в этом уверена.

- А о муже ничего не слышала?

- Нет. Он окончательно пропал. Да и боюсь кого-то спрашивать. Мне лучше, чтобы никто обо мне ничего не знал.

- Ты думаешь это возможно? У нас все про всех все знают. Кто-нибудь обязательно донесет

- Да. Но все же…

- Боишься, дочку отнимут?

- Сама знаешь. Если его родственники узнают, что я здесь, пришлют кого-нибудь и заберут у меня мое сокровище. Это наши обычаи! А она у меня… Не смотри, что застенчивая. Учится хорошо, и по-немецки уже легко болтает. Лучше, чем по-чеченски.

– Это точно! Заберут! Если узнают. Увезут в Чечню и замуж продадут.

Лия смотрит на девочку с улыбкой:

- Ты больше не сердишься на меня? Я ведь хотела, как

лучше.

Девочка опускает голову и молчит в ответ.

- Да не сердится она на тебя, – отвечает за нее мать. – Нам нельзя друг на друга сердиться!

– Это точно. Живем здесь в своем кругу. Это, как тюрьма, где каждый день видишь одни и те же лица.

– А ты что, в тюрьме сидела?

– В депорте насиделась!

– Ах, в депорте! Да…

– Целый месяц! Думала, с ума сойду. Они не верили, что я чеченка.

– А потом поверили?

– Да, поверили. Заставили меня по телефону в каким-то мужиком говорить, сказали, что это эксперт, который понимает все языки и сразу слышит, какой у кого акцент.

– А…, –похоже, Залима не очень понимает, о чем идет речь. – А ты о твоем муже ничего не слышала?

– Слышала.

– Ну и что?

– А ничего! Явится сюда, убью. Я не шучу. Это я там, дома вся в синяках ходила. Там за меня некому было заступиться. А здесь законы другие… Здесь полиция на моей стороне!

Картина меняется

Мы снова парке. Уже весна. Солнечный день. Цветут каштаны. Ахмед и Иван сидят на скамейке, в руках у них «хот-доги».

- От казенной еды у меня желудок уже испортился, – говорит Ахмед, – так хочется домашнего!

– Даже «хот-дог», и то уже лучше…

– Вань, так ты нашел номер телефона Яны?

Иван отворачивается, перестает жевать:

– Нашел.

– Звонить будешь?

– Уже звонил.

– Ну и что? Поговорили?

– Да, поговорили.

– Ну и что?

– А ничего. Она не хочет со мной разговаривать. Сказала, чтобы я никогда больше не звонил.

– Это она от стыда. Была бы она чеченка, так уже покончила бы с собой. Хорошо, что у нее дома никто ничего знает. Ей стыдно, понимаешь?

– Да, я все понимаю. Но я же не зверь. Мне она могла бы довериться.

– Хорошо, что она уехала. Там она скорее забудет.

– Такое не забывается.

– Ты сказал ей, что его уже нет в живых?

– Да, сказал.

– А она что?

– Сказала, что ей это все равно.

– Она не спросила, кто его убил?

– Нет, не спросила. Но я ведь и сам не знаю, – Иван выразительно смотрит на Ахмеда.

– А вдруг докопаются?

– Не докопаются. Им до нас дела нет. Мы для них другое государство. Знаешь сам. Они нам вроде помогают, но в свое общество никогда не впустят. Сколько ты там ни долби твой немецкий, мы здесь никогда не будем чувствовать себя дома.

– А Дмитрий, как ты думаешь, он никому не скажет?

– Нет, этот точно не скажет! Он не хочет лишних неприятностей. Раз сразу не донес, то теперь он сам вроде как сообщник. К тому же он улики в Дунай бросил. Если донесет, его же и посадят. Или вышлют из страны. И какой он тогда правозащитник? А он в активистах ходит. Так что…

– Но есть ведь и что-то хуже людского суда, – говорит Ахмед подавленным голосом.

– Знаю… Этот судья внутри тебя… Я должен был это сделать, а не ты!

– Но я не хотел этого делать, ты же знаешь…

– Знаю. А как ты думаешь, его сын не захочет отомстить

за отца? У вас там кровная месть. Он, наверное, ищет убийцу?

– Нет, не ищет. Сын не хотел с ним дела иметь. Мать у него была русская.

– Ну и что?

– Баха мать его прирезал. Она хотела его бросить, уйти к другому, так он их обоих прирезал. Его искали. Поэтому он с сыном и сбежал в Австрию. Сын тоже его боится… Все на его глазах произошло.

– А ты откуда знаешь?

– У чеченцев есть свое радио… Мы – народ маленький, у нас ничего не скроешь.

Оба надолго замолкают.

Картина меняется.

Иван один бродит по городу.

Лицо у него осунулось. Он небрит. Глаза смотрят в одну точку. Мы видим его в парке. Он садится на скамью, где он когда-то сидел я Яной. Перед его взором проносятся картины прошлого: прогулки, поцелуи, ее смех.

Дождь. Холодно. Иван возвращается к действительности, кутается в шарф, встает со скамьи и медленно уходит. Камера смотрит ему в спину.

Картина меняется.

Иван и Ахмед работают на стройке.

Движения Ивана полны ярости.

– Спокойнее, – говорит ему Ахмед.

Иван ничего не отвечает. Отшвыривает от себя обломки разрушенной стены.

Ахмед, напротив, кажется подавленным.

Камера скользит по стройплощадке.

Картина меняется.

Комната в общежитии.

Ахмед и Иван сидят за столом, учат немецкий. Лица у них не очень радостные, но видно, что боль понемногу отступает. Ахмед читает вслух немецкие предложения, Иван их повторяет.

– Was machen sie heute Abend? Wollen Sie ins Kino gehen? Что вы делаете сегодня вечером? Хотите, пойдем в кино?

– Ja, gerne. Да, с удовольствием, – вторит ему Иван. – У тебя это лучше получается. Ты уже можешь немного говорить…

– Ты тоже можешь, – отвечает Ахмед.

– Да, но не так хорошо, как ты.

Ахмед:

– Знаешь, мне хотелось бы в институт поступить. Мы с Милой договаривались, в педагогический вместе пойти. Но теперь я думаю, лучше на юридический.

– Почему? Чтобы побольше зарабатывать?

– Это тоже важно, но это не главное. Понимаешь, законы надо знать…

– Да… Законы… Ты звонил Миле?

– Иногда звоню из телефон-автомата. Она меня теперь Антоном называет. Это на всякий случай. Если ее телефон прослушивается.

– Ну и что, она ждет тебя?

– Да, ждет. Она надеется… Я тоже надеюсь… А на что, не знаю.

– Говорят же, надежда умирает последней.

– А ты что делать будешь? Ну, если получишь визу?

– Не знаю. Меня к музыке тянет. Нет, не играть, конечно. В моем возрасте об этом думать уже поздно. Да и талант у меня так себе. Хотелось бы научиться мастерить музыкальные инструменты. Гармони, например. К наукам у меня, сам знаешь, способностей нет, я руками работать люблю.

– Да, уже два года мы здесь. За это время могли бы выучить что-то. Могли работать, денег заработали бы. Вместо этого сидим, как дураки, а время уходит…

Стук в дверь. Голос за дверью:

– Почта!

Иван выходит.

Возвращается с двумя синими конвертами в руках. Взволновано произносит:

– Из азюла.

Дрожащими руками вскрывают конверты.

На лице у Ахмеда радость, он даже подпрыгивает от удовольствия.

– Ура! – кричит Ахмед. – Мне дали позитив!

Лица Ивана мы не видим, он стоит к нам спиной, но плечи у него опущены, руки безвольно висят вдоль тела, письмо и конверт валяются на полу. Ахмед поднимает взгляд, видит Ивана, радостное выражение тотчас слетает с его лица. Ни слова не говоря, он обнимает друга за плечи.

Картина меняется.

Вокзал. Иван – с рюкзаком в руке – останавливается возле вагона. Его сопровождает полицейский.

– Дай хотя бы выкурить последнюю сигарету, – говорит Иван, сопровождая слова жестом.

Полицейский понимает его, отвечает дружелюбно:

– Bitte![11]

Иван хлопает себя по карманам, сигарет у него нет, он вообще-то не курит. Полицейский достает из кармана пачку, протягивает Ивану, подает зажигалку и закуривает сам. Иван затягивается и кашляет.

Появляется Ахмед. Тоже с рюкзаком, и тоже с сигаретой в руке.

– Ух, думал, опоздаю! Я не знал, на какой поезд тебя посадят.

– Ну, давай, простимся, друг!

– Нет, я с тобой!

Иван застывает на месте, ошалело смотрит на Ахмеда.

– Не болтай, блин, глупости! У тебя позитив! Оставайся здесь! До лучших времен. Ты же знаешь, что тебя ждет!

---

[11] Пожалуйста (нем.)

– А ты? Тебя тоже не помилуют. Мне, может, даже ничего не будет, на таких, как я, амнистия вышла, русским я до лампочки, меня наши, боевики ищут. Я сразу в Новосибирск, а потом еще куда-нибудь, и залягу на дно. А вот тебя, это, точно, посадят!

– Ничего, я же Иванушка-дурачок, таким, как я везет. Ты за меня не беспокойся. Я как-нибудь выкарабкаюсь. Ну, а если и посадят! Отсижу свое, по справедливости, я ведь заслужил, зато потом гуляй, Ваня, свободный человек. И жить буду дома, среди своих. Это лучше, чем всю жизнь в бегах…

Ахмед не слушает его.

– Мы, короче, вместе приехали и вместе уедем, – подводит он черту, – понял?

– Ах вот и вы! Я вас искал!

Кадыр, запыхавшиеся, появляется перед вагоном.

– Ты проститься со мной пришел? – радостно восклицает Иван.

– Да, проститься, – неприязненно отвечает Кадыр, но тон у него менее враждебный, чем обычно.

– Вот и прекрасно! Отговори хоть ты его! Куда он? У него позитив!

– Не дури, Аха! – говорит Кадыр. – Ты забрал все вещи, вот я и понял, что ты с этим придурком…

– Пожалуйста, не оскорбляй его! – говорит Ахмед неожиданно жестким тоном. – И не надо меня отговаривать! Я так решил, и все! Понял?

– Хорошо. Понял! Хотя я считаю… Ладно! Вот тут письма для вас обоих. Официальные. Они у Гюнтера лежали, заказные, я стырил, думал, может, что важное...

С этими словами Кадыр достает из кармана два письма. Ахмед быстро вскрывает оба конверта, молча читает письма и лицо его покрывается бледностью. Он вплотную подходит к Ивану и говорит так, чтобы никто не слышал:

– Нас обоих вызывают в полицию. По делу об убийстве. Свидетелями.

Иван смотрит перед собой напряженным взглядом,

наконец, произносит:

– Пока… свидетелями… А потом…

– Что там, в письмах? – спрашивает Кадыр. – Что-то важное?

Парни не отвечают, тогда он говорит сам к себе:

– Я так и думал…

– Ничего! Поехали, – твердо произносит Ахмед, – придумаем что-нибудь! По дороге… Мир велик… И Россия тоже… Кадыр, прощай, дорогой! Инша Алла, увидимся еще. Все в руках Аллаха.

– Все в Божьих руках, – вторит ему Иван.

Кадыр и Ахмед обнимаются.

– Прощай, и ты, друг, – говорит Кадыр, и протягивает руку Ивану, – удачи вам обоим!

– Прощай, – говорит Иван удивленно, – ты прости, это, если что не так.

– Ты меня тоже, это, короче, прости. Сам понимаешь…

– Понимаю.

– Аха, а может, ты передумаешь? Позитив все же…

Ахмед ничего не отвечает. Полицейский торопит их:

– Also! Einsteigen![12]

Затем, не обнаружив поблизости мусорки, вынимает из кармана бумажный носовой платок, заворачивает в него окурки – свой и Ивана – и засовывает в карман. Пропустив вперед Ивана, поднимается на ступеньку, загораживая собой проход. Ахмед стучит пальцем по его спине:

– Эй! Я с вами!

Хлопает себя по карману

– Так, билет здесь…

Полицейский подталкивает Ивана и скрывается в вагоне. Ахмед следует за ними. С минуту стоит на нижней ступеньке, машет рукой Кадыру. Бросает окурок на перрон.

Двери закрываются.

---

[12] Итак, садимся!

В издательстве
BoD – Books on Demand
готовятся к печати:

София Бенедикт
КОГДА ГОСТЕЙ РАЗДРАЖАЮТ ХОЗЯЕВА...
или
Как вам живется в Австрии?

«Когда скрещиваются две дороги, получаются вроде бы четыре, но жизненные пути, это улицы с односторонним движением. Если в прошлое еще можно вернуться хотя бы мысленно, то будущее... Ах, метафизика перекрестка кого угодно сведет с ума! И пусть даже кажется, будто именно здесь жизнь бьет ключом, но все это лишь видимость, одна суета. Часы здесь стоят и время не движется. Поэтому, попав на перекресток, очень важно побыстрее выбрать путь, иначе рискуешь навсегда застрять в мертвой зоне, вне времени и пространства...» Такими словами начинается очерк о переезде автора этой книги на постоянное место жительства к мужу, в Вену. Ей долго не удавалось отделаться от ощущения, будто она застряла в такой вот «мертвой зоне».

Есть характеры от природы жизнерадостные, люди, настроенные оптимистично, способны из любой напасти создать свое маленькое счастье, потому что они всегда думают о себе. Есть нытики, эти тоже заняты собой – по ниточке вытягивают они из других то, что им необходимо для собственного удовлетворения. А есть скептики, они стоят в сторонке и наблюдают... Эта книга - результат таких наблюдений...